Draumwelten

Drömmt un upschriewen: Hermann Eistrup

Teeknungen: Antonia Hartmann

Sieten inrichtet: Uli Stille

Draumwelten

Vognöglichet up Platt

Hermann Eistrup

Bibliografische Information der Deutschen Nationalbibliothek
Die Deutsche Nationalbibliothek verzeichnet diese Publikation in der Deutschen Nationalbibliografie; detaillierte bibliografische Daten sind im Internet über http://dnb.d-nb.de abrufbar.

Verlag:

BoD · Books on Demand GmbH,

In de Tarpen 42, 22848 Norderstedt

Druck:

Libri Plureos GmbH, Friedensallee 273,

22763 Hamburg

© 2024 Hermann Fistrup

ISBN 978-3-7693-1653-7

Wat in düssen Book steiht

Ünnerwechens

Elvira is 'ne junge Dame, un wat for eene. Leewensweert un fründlick to jedeneenen. Athletisk, fix bi de Sake un jümmer ümmedriewig. Eegentlick gifft dat gar nix an ehr uttosetten, bet up, ... na jau, eegentlick is se jä oll graut ..., un doch is et een Problem for us un maket us düchtig Suorgen. – Se is jümmer ünnerwechens. So 'n richtigen Rümmedriewer. – Dat is vollichte no nich mol sau leige, wenn man utwurssen is, un sienen eegenen Weg gauhn mott. Blauts wo se ehre Frieheet utliewet, dat stimmt us bedenklick. Elvira heff 'n afsünnerlichen Tick, 'nen richtigen Knall heff de. Wi hebbt us oll 'n Termin bi 'n Pschychater, orre wo de Siärlenklempner hett, giewen lauten. Se begrött jeden wieldfrürmden Minsken heuchstpersönlick un met eener unbännigen Fröide, dat wi an usen Vostand twiefeln mürt. Ümme Spazeergängers loopet se rümme un maket de ganz mall.

Gesucht
Elvis
ist schon
wieder
verschwunden

– Lestens hebbt wi van usen Küorkenfinster ut seihn, dat twee knackige un kernige Joggers up de Strauten vor usen Huuse an loopen wörn. Up eenmol seihen wi use Elvira achter de beeden achteran loopen. Twee wieldfrürmde Kärls, un Elvira dor achteran! – Scholde use Elvira vollichte mannsdull sien? Use Elvira! Peinlich! Güst sau for de beeden Jungs. De hebbt us Elvira forts trügge brocht. – Klassisch afblitzet. Oh, was us dat scheneerlick. – Hebbt wi vollichte bi de Erziehung wat vokehrt maket? Sünd wi Rabenöllern wiärn? De Lüe sünd oll an tuskeln üorwer us. Wat schürlt wi denn maken? – Ut Angest for de Küerigge van de Naubors passet wi nu oll up, dat Elvira nich meehr sau vierl ünnerwechens is un an besten gar nich meehr olleene rut kümp. Ower kürnt wi dat maken, orre vosünnigt wi us an Elvira? Wärd se dorvan sozial stört, orre is se dat vollichte oll? Ower dat is gar nich sau eenfach bi ehren Frieheetsdrang, se ünner Voschluß to haulen. Se kleiet üorwer halfhauge Düden, orre

springet düe uorpene Finster ut tweeun-
half Meetern Heuchte bet up de Ärden,
un is wier – ünnerwechens. – Nei, nix
giegen use Elvira. Bet up ehre Macke is se
de Fründlichkeet in Person, oh Pardon,
in Rüe, woll ick seggen. Elvira is nämlick
use – Hundedame.

Alarm in' Schwienestall

Os Buer mott man faken fröh up-
stauhn, mannigmol vor 't Upwacken. Sau
auk an düssen Muorden. Eerst bün ick
in' Schwienestall gauhn. Wi hebbt eenen
grauten Stall met 460 Schwienen. Dor
funktschoneert ollens fullautomatisk, met
Lüftungscomputer un Foderketten. Dor
bruuk ick blauts no kieken, of de Anlage
löppt un de Schwiene munner sünd, was
vanne Mourden de Fall was. Denn hebbt
wi no 'nen lüttken Stall met 40 Schwienen.
De mott ick van Hand foden. Ick schuuw
olso no half mööde de Karren üorwern
Hoff, föng an, dat Miährl in' Trog to
schmieten. Dor was ick up eenmol hell-
wack. Mi is vor Schreck de Ämmer ut de
Hand fallen. Ick riew mi de Augen, keik
nomol, seich ower wier dat sülwige. Tüs-
ken de Schwiene stönd een utwurssenen

Tiger! Hallo?! Een Tiger bi us in' Schwie-
nestall? Gifft doch gar nich! Wi liewet in
Dütskland un nich in Thailand orre Bang-
ladesh. Un doch was dor so 'ne Grautkat-
ten bi us in' Stall. Nau mienen eersten
Schrecken bün ick fix rutloopen un heff de
Düden toknallt. Biärter de Tiger is in' Stall
inspeert, os dat he buten rümmelöppt un
miene Fruu un miene Kinner angrippt.
Ick konn gar nich klor denken. Wat schall
ick blauts maken? – Mmmh..., eerstmol
dat Veeh bi Luune haulen. Sau bün ick
denn fix inne Küorken rannt. Dor leig
oll use Meddagiärten. Rippchen! For sess
Lüe. Wiärgen de vierlen Knuorken 'nen
grauten Biärg Fleesk. Ower wat is sau wat
for eenen grauten Tiger. Een Happs, un
ollens wör weg. – Oh Himmel, Schwiene-
rippchen for dat Undeer! Dor heff ick em
doch eerst up den Geschmack brocht: ut-
geriärknet Schwienefleesk! Ick Döskopp!
Wat mak' ick blauts? De Tiger mott weg,
biärter nu os glieks. Up Duer is de unge-
sund for use Schwiene. Ower wohen? Den
ganzen Dag heff ick telefoneert. Ower keen

Dussel woll dat Beest hebben. – De Zoo in Ossenbrügge heff zwar in Moment keene Tigers, ower in den Käfig dorfor sitt güst een Wulf, de in sien eegenen Gehege nich meehr inspeert werden konn, wiärgen dat he dor ümmer düe den Elektrotuun utbüxet. De änneren Deergardens häwwet olle noug Raubdeere. – 'N Wannerzirkus was güst nich in de Neichte, un de kürnt blauts handtamme bruuken. Is miene doch! Glööwe ick tominnest?! – Bi 'n Deerheem konn ick auk nich lannen. De niehmrt blauts lüttke Stuorbentigers un nich söke grauten Exemplare. Dor hebbt se keene Erfohrung met. – De Füerwehr heff utgeriärknet vandage Deenstutflug. Na, ick huorpe, dor brennt hüüte nix in de Neichte. – De Polizei, dien Fründ un Helper, heff vandage keene Tied vor sauwat. Vokehrskontrullen un Drogenrazzia. Is jä auk lichter. 'N schöinen Fründ ist di dat. – Blifft no de Gemeende und de Landkreis. De mürt sauwat afhalen! Ower de wör 'n nich tostännig, heff ick ümmer wier to hörden kriergen. Is mol wier typisk Beamte. Wenn 't brenzlig wärd, kniepet de den Steert in un vokrürmelt sick. – Wenn ick doch lestens blauts wier nie Patraunen for de Jagdflinte kofft harre, denn konn ick dat Veeh nu afballern. – De neichste Nacht konn ick nich in Schlaup kuormen. Ick mösse duernd an de Telefonriärknung denken, de ick vandage produzeert hadde un an dat Massaker in mienen Stall, wenn ick den neichsten Dag dor rinkieken do. Wat 'n Glücke auk, dat he blauts in den lüttken Stalle sitt, un nich in den grauten. An neichsten Muorden was ick oll schweetnatt, os ick vor den Schwienestall stönd. Wat ick dor woll beliewen mott? Olle Schwiene afmurkset van den Tiger, de üorweroll in Stalle vodeelt ligget, ieskault un daut. – Ower wat 'n Wunner, olle Schwiene lieweden, un wör 'n bi bester Gesundheet. De Tiger leig tohaupekringelt an een Borstenveeh ankuskelt. Gott si Dank! Os ick denn an foden was, stönd de Tiger os selbstvoständlick tüsken de Schwiene an' Trog un probeerde dat Miährl. Schall dat Undeer üorwer Nacht to 'n Gemöse-

friärter muteert sien? – Een Duertostand
is dat wisse nich, de Sake met den Tiger.
Os wenn miene Suorgen nich oll graut
noug wör 'n, worden se no grötter, os ick
nau buten hen keim. Dor stönd een Re-
porter van een grauted Dageblatt, de met
de veer Bookstaben, wo dat Blout oll bi 't
Liärsen rut löppt. Wi harren 'nen Tiger in'
Schwienestall, heff he hört. So 'n Quatsch:
'n Tiger in' Schwienestall. Wo kümmt de
blauts up so 'n Blödsinn. Of he mol in'
Stall rinkieken draff, heff he mi froggt.
Natürlick nich! Olleene ut Hygienegrün-
ne draff man vandage keene frürmden
Lüe meehr in Schwieneställe lauten. Ower
auhne miene Antwort aftotöwen, is he an
mi vorbi baselt, rin in' Stall. Toeerst heff
he nix miärket. De Tiger stönd orig tüs-
ken de Schwiene an friärten. Ower denn
heff he em doch seihn, un is forts anfan-
gen, Beller to scheeten. De Knipserie göng
mi toniehrmend up de Niärven, un den
Tiger auk. – Oh Gott, muorden bün ick de
bekannteste Buer in de ganzen Republik.
Wat düsse Schmeerfink dor woll olle for 'n

Schund in sien Revolverblättken schriff? –
Ower dat bün ick nie nich gewohr wor-
den, auk nich, wo ick den Tiger wier lös
werden konn. – Denn bün ick nämlick
upwacket. Nau 'n Upstauhn bün ick denn
os eerstet in usen lüttken Schwienestall
gauhn. Mi is 'n Steen van Hatten fallen,
os ick dor blauts Schwiene seihn heff. –
Ofwohl, een änneret Deer was doch no
dor, ower keen Tiger, sünnern blauts eene
lüttke Muus. Dat is in Ordnung. – Wenn
ick et mi recht üorwerlegge, harre ick nu
doch eene Lösung for den Tiger hatt. Van-
dage kümmt doch use Veehhändler, un de
is 'n biärtken kottsichtig. Vollichte harre
ick em den Tiger jä os Mastschwien ün-
nerjubeln konnt.

Jägerlatinsk

Ümmer gifft dat Iärger met düsse vodammigten Viechers. Ärdappels bruuket wi oll lange nich meehr antoplanten. Dat Feild hebbt se us ümmer komplett ümmeplöget. Wo dat keene Kartuffeln meehr gifft, hebbt se sick nu up Mais spezialiseert. Meehr un meehr Buern bowwen dat up iähren Acker an. Un düsse dusseligen Schwiene hebbt de dösige Angewuohrnheet, sick in so 'n Feild intonisten, un dor eerst wier rut to kuormen, wenn ollens platt is. Todem krierget de Wildschwiene ümmer 'ne Masse Frisklinge. Af un an mürt wi mol dorfor suorgen, dat de Beester dezimeert wärd. Dortau hebbt wi düt Johr wier to 'ne grauten Driewjagd inladen. Ünner änneren geiht Werner met. Wi kennt us van Kinnertieden an, un sünd in de Schoule oll de besten Frünne wiärn. Auk use Fruuslüe Karin un Therese sünd baule ünzertrennlich. Minnesdens eenmol an Dag hanget se an Telefon, sautoseggen richtige Tittenkumpel. – Olso Werner un ick hebbt us an düssen schöinen sünnigen Hiärwstdag met acht änneren Jägerslüen bi us in Duorpe up eenen Feildweg druorpen. De Steebel putzed un den Püster wienert, sau stönden wi an eenen grauten Maisacker paraut, eenige Rüens wörn auk dorbi. De Dütsk Drauhthoor un de Münsterlänners wörn bannig nervös. Se föhlden woll, dat et nu glieks lös göng. Auk wi Jägers wör 'n een biärtken upregt. Is dat bi Wildschwienen doch ümmer so 'ne Sake. Sünd se auk de haule Tied up een Feild, is dat mannigmol os vohext. Os wenn se dat ruuket, dat et iähr an den Kragen geiht, sünd se up eenmol nich meehr dor. Dorümme sünd wi natürlick auk sau gespannt. Nau de Begrötung, un naudem Fitten met sien Horn de Jagd anblausen hadde, konn et denn nu endlick lös gauhn. Fief Jagdkollegen, dorünner mien Fründ Werner, güngen ümme den Maisschlag ümmeto un neihmen dor Upstellung. Wi änneren dree Jägers met Rüen un met Püster göngen düe den Mais, ümme de Schwiene ruttodriewen. Nau kotte Tied hörde ick vor mi wat raskeln. Ick brochte mien Gewehr in Stellung, dor seich ick se vor mi, 'ne dicke, fette Suugen. Rumms makede dat, un ick hörde een luuted Quiecken. Treffer! Bün mächtig stolt up mi, ick bün doch 'n grauten Jägersmann. Ower ick hadde et woll nich ganz druorpen, dat Schwien konn no wegloopen. Irgendwo wärd de Suugen denn ower liggen, dor was ick mi ganz sicher, un de Rüen wärd se woll no fiehnen. Os wi dat Feild düekämmt hadden, un up de änneren Siete rutkeimen, bölkede ick: „Hurra, ick häwwe eent druorpen." De änneren Jägerslüe stönden olle an eenen Pulk. Os ick neiger keim, seich ick de Bescherung. Dor leig Werner in sien eegenen Blout, muusedaut. Mi was up eenmol heet un kault. Ick was de eenzige Jäger, de 'n Schuß afgiewen hadde. Wo konn dat blauts passeeden? Hadde ick Werner met 'n Wildschwien vowesselt? – Ower dat kann doch gar nich sien. Ick

hadde et doch dütlick vor mi seihn, dat
Schwien, 'ne graute Bache. – Un de heff
doch quieket. Werner, den heff ick no nie
nich quieken hört. De änneren Manns-
lüe stönden in Kries ümme mi rümme,
un keiken mi blauts an. Wat 'n grautet
Malöör! – Dusend Gedanken krieseden
düe mienen Kopp. Ick heff mienen bes-
ten Fründ daut schuorten. Wo kann ick
blauts miene Karin, un no weniger sie-
ne Therese inne Augen kieken? – Mien
Liärben is vopfuscht. Ick mott achter
de Tralljen! Orre schall ick mi sümmes
ümmebrengen? – Fitten föng an, up sien
Horn to blausen: Suugen daut. – Mann,
wat pietätlös! De Schweet rann mi den
Moors dal. Ick konn dat nich meehr ut-
haulen, was kott vor 'n Platzen. Ick hör-
de mi no schreggen: „Werner, Werner“.
Denn mott ick woll wegtriärn un ümme-
kipped sien. – Os ick denn irgendwann
wier to mi kuormen bün, hörde ick mie-
ne Karin küden: „Nu beruhig di man,
Hinnerk. Du büst ja schweetnatt.“ Forts
keim mi ollens wier in' Sinn, dat Malöör

met de Driewjagd un Werner. – Un nu
weet miene Fruu dat auk oll! Ick was an
ganzen Liewe an biewen. – Os ick de Au-
gen lös makede, seich ick mi niärben dat
Berre liggen. Miene Karin, de niärben mi
seit, un miene Hand fastehölt, siär: „Ick
bün doch bi di. Du hest blauts schlecht
dröömt." – Puuhh! Ick glööwe, ick was
in den Moment de glücklichste Jäger, de
jemols van eene Driewjagd kuormen is.

Kusenschwund

Jeden Dag mott ick use Strauten met Schüppen un Bessen reene maken. Jeden Dag! Up eenen Kilomeeter Länge! Wirt gi, wo lange sauwat duert? Ick heff auk no wat änneret to dauhn, os düsse dusselige Strafarbeet to maken. Ick mott no plögen un Sümmergassen saien. Ower nee, siet veerteggen Dagen, jeden Dag Strauten putzen. Anfangen is de ganze Geschichte vor een halwet Johr. Midde Oktober stönd meteens so 'n Kärl bi us up 'm Hoff. Dat Gesichte total ramponeert un de Arms upschüert. Os he sien Muul lös makede, ümme to seggen, wat he woll, konn ick seihn, dat em dree Schniee-tiärne rutschlauhn wörn. Gräsig seich de Typ ut. – Of dat use Wald giegenüorwer van de Strauten was, heff he froggt. He wör gistern Nacht ümme twee Uhr met 'n Drauhtiesel ünnerwechens, os miteens so 'n armdicken Knüppel up 'n Radweg liärgen heff un he dorümme üorwern

Lenker afstiegen is. Of de oll länger dor liärgen heff, woll he wiärten, un of he den Landkreis dorfor belangen konn. Ick konn mi dor up besinnen, dat ick em seggt heff, dat de lesten Dage de Wiend onnick blost heff, un dorhiär ümmer mol so 'n dreugen Ast rünnerkuormen kann. Doruphen is he wier afdampet. Een poor Dage later was de Polizei bi us up 'm Hoff, twee Beamte. De kuormt ümmer met twee Mann. De eene kann liärsen un de ännere kann schriewen. Up jeden Fall heff de Kärl met sien Fahrradunfall 'ne Anzeige bi de Polizei upgiewen, un de mürt sauwat natürlick naugauhn. Ick heff forts den Broen ruuket. De Kärl söch eenen Dussel, de sien Eßzimmer betahlt. So 'ne Kusenreparatur met Implantaten kann onnick wat düer wärden. Ick woll tominnest nich de Dussel sien. Ick häwwe Last noug, sauvierl Geld tohaupe to spuorden, dat dat for miene eegene Saneerung langet, wenn 't mol sien mott. – Wat weet ick denn. Heff dor würklick 'n Ast up den Radweg liärgen? Orre was de

Kärl besuorpen un heff met siene Kumpels 'ne Klopperie hatt? Vollichte was sien Utseihn auk dat Ergiewnis van eenen nächtlicken Ehestriet, un siene Aulske was mol Boxmesterin. Heff de Typ üorwerhaupt Lecht an sienen Drauhtiesel hatt? Un wenn, mott he denn siene Geschwindigkeet nich sau anpassen, dat he ollens üorwerseihn kann? Met 'n Auto mott man dat schließlick auk. Ick jedenfalls woll em siene Kusen nich betahlen, dat heff ick de Beamten auk dütlick to verstauhn gieben. Os de denn endlick afrücket wör 'n, heff ick dacht, de Angeliärgenheet wör nu utstauhn. Ower Pustekoken! Nau veer Maunaten kreig ick 'n Schriewen van den Landkreis, ick harre an 15. Oktober lesten Johres ümme twee Uhr nachts eene Ordnungswidrigkeet begauhn. Düe Liggenlauten van Holt schall ick ännere Lüe in Gefohr brocht hebben. – Jau, sünd de Behörden denn total bekloppt? Ümme twee Uhr in de Nacht ligge ick in mien Berre un bün an schlaupen un kontruleer keene

Radwiärge! Wo de Heinis van de Strautenwacht ümme veer Uhr an Nommedag Fieraubend maket un ehre Beene hauch legget, un ick os Buer den ganzen Dag malochen mott, schall ick denn nachts no Radwiärge putzen? Wo sünd wi denn? Ick häwwe denn auk forts den Bußgeldbescheed trügge schicket. Wenn ick dat sau anniehrme un betahle, steiht doch de Kärl met siene kotten Kusen wier up de Matten un schicket mi de Kossen van siene Bietwiärktüügsreparatur. Ick kann mi bedanken. Of mien Inspruch Erfolg heff, mott ick no aftöwen. Tominnest hebbt de Behörden mi dorto vodonnert, eenen Maunat lang den Radweg un de Strauten reene to maken. Sau stoh ick denn jeden Dag up de Strauten to kieden. Wiärt gi eegentlich, wo geföhrlick sauwat is, eene Landstrauten met 'n poor dusend Autos un Lastwagens an Dag. Un de karjöhlt bi us lang os söke Unwiesen. Wo faken mössc ick in' Graben springen, ümme mien Liärben to redden. Wo faken hebbt mi de Lastwagens met ehren Sog van de

Beene riärten. Ick bün dat ganze sau leed. Wo kann ick de Behörden bi 'n Landkreis blauts een utwisken? Wat kann ick dorfor, dat so 'n Blödmann nich uppasset un üorwer Kopp geiht? Wat is woll leiger, of so 'n doet Deel van eenen Boom unner de Riär kümp, orre ick? – Man mott iärben Prioritäten setten! Vor Iärger was ick ganz dull in' Koppe, dat ick em nich seihn heff, den grauten Lastwagen. Ick konn blauts no eenmol ümme Hülpe schreggen, denn heff dat knallt un et was düster. ... Wenn dat stiärben is, föhlt sick dat gar nich mol sau leige an. Ollens is week un warm. – Up eenmol is et wier daghell. De hebbt in Himmel ower graute Latüchten. – Wat schreggest du sau, hörde ick üorwer mi. De Stimme kenn ick doch. Dat is doch miene Fruu. Oh Gott, schall de vollichte auk ... ick schlöig gawwe de Augen up und leig in Berre. „Wat is lös", hörde ick miene Fruu seggen. „Nix." „Un dorfor weckst du mi? Weest du, wo late dat is? Klock twee in de Nacht." „Twee Uhr? Oh Gott, ick mott up den Radweg

Wache schuuwen, dat dor nich wier 'n Ast rünner kümp." „Wat küerst du dor for 'n Quatsch. Hey, upwacken." – Gottlow, dat ganze was blauts een Draum. – Nee, nich ollens. Den Kärl, de üorwer den Ast stött is, den geif dat würklich, un de Behördenhickhack achteran was auk wohr.

... Üorwrigens heff ick dree Wiärken later een Schriewen van Landkreis kriergen, wo se mienen Inspruch afholpen hebbt. De hebbt woll bi lüttken inseihn, dat dat tovierl volanget wör, wenn ick nachts up 'm Radweg nau 'n Rechten kieken mott. – Nu mott de Typ siene Kusenreparatur doch sümmes finanzeerden, wenn he muorden no kraftvull tobieten will.

Shakira up Afwiärgen

Kögge hebbt dat vandage nich mehr lichte. De Haugtechnoloschie is nu auk in' Kauhstall introcken. Kögge mürt vandage 10000 Litter Miärlke in Johr gieben, de meest van Roboters afsuuget wärd. Haucheffiziente Technik, ower ieskault, auhne dat de warme Hand van den Buern de Deere beröhrt. Fohd wärd de Kögge meest met so 'n Miskwagen. Haucheffiziente Technik, de dat Foder gliekmäßig misket un vodeelt, auhne Üorwerraskung for de Kögge, dat an de eenen Siete van 't Friärtgitter vollichte wat änneret to bieten ligg, os an de änneren. Saugar bi de Leewde geiht dat nich mcehr sau romantisk to os fröher. – Ofwohl ick mi nich vorstellen konn, dat dat for de Kögge een Vognögen was. De schwore Bulle, un denn geiht dat sau fix os bi de Karnikkel. Ower vollichte denket Kögge dor jä änners üorwer. Jedenfalls gifft dat vandage blauts no Pipettensex. Dor kümmt een Techniker up 'n Hoff, sett so 'ne Portschon Bullen up de Kauh, un dat wör't. Bi mi nich! Miene Kögge giewet no keene 10000 Litter in Johr. Ick heff no keenen Roboter to 'n Melken. Bi 't Foden van Hand kann ich de Deere no tüsken de Ohrden kraulen un een Techniker kümmt bi mi auk nich up den Hoff. Ofschon miene bullsken Miärlkprodutschenten auk ümme dat wohre Leewetvognögen brocht wärd. Denn bi us bün ick de Techniker. Vorlestet Johr heff ick so 'n Technikerlehrgang metmaket un draff de Kögge nu sümmes besamen. Klappt auk ganz gaut. De Kögge wärd wier drächtig un krierget jedet Johr een Kalf. Blauts met de Menge an Kauhkalwers bün ick no nich tofriärn. Dat mott no meehr wärden. Ick bün dor blauts no nich ganz achterstiegen, of ick bi de Besamung een-, twee-, orre dreemol de Augen tokniepen mott, dormet dat een Stiärtenkalf wärd. Ower dor kuorm ick auk no achter. In Moment bruuke ick mi üorwer sauwat ollerdings keene Gedanken maken. Et is Sauterdag aubend, oll tiämlick late. Ick häwwe güst de Spuortschau in' Flimmerkassen ankierken un woll nu endlick in 't Berre. Miene Fruu schlöppt oll lange. De interesseert sick nich een Hoor for Spuort. Ick stönd nu auk in de Schlaupkamen, heff güst miene Klamotten up den Stohl leggt un mienen Schlaupantog antrocken, dor göng up eenmol de Düden up, un miene Kauh „Shakira" stönd in de Schlaupkamen. Hey! Wat schall dat? Eene Kauh in de Schlaupkamen hört sick nu gar nich! Wo kümp de blauts hiär rin? Vollichte is se ut de Wisken utkniepet un ick häwwe de Düden to 'n Goarden nich ganz to maket? Shakira was irgendwie änners, dat heff ick glieks miärket. Se haul den Steert hauge. Aha, de is bullsk! Bidde Besamung, schinn ehr Blick to seggen. Ower doch nich nu un hiär. Uterdem heff ick de Bullens gar nich hiär. De ligget in 't Stallbüro, deepfruorden in eene Kannen

MILCH
KEKSE

met Stickstoff bi 198 Graud ünner Null. – Natürlick nich de Bullens, sünnern dat, wat man dorvan bruuket. Olsau vandage keene Besamung meehr. Höörst du? Ower Shakira heff mi nich vostauhn. Se hüpkede up mien Berre. Oh Gott, de Madratzen briärket mi in' Dutt, bi so 'n Elefantengewicht. Shakira woll güst miene schlaupende Fruu boxen un up se upspringen. – Hey, dat geiht nu ower to wiet! Wecke konn oll 'n poor hunnert Kilo up sien Ballich uthaulen. Ick bün auk int Berre sprungen un heff Shakira wüst afdrängelt. Dor wör se beleidigt, is üorwer dat Footenne wier rünner hüpket, keik sick no eenmol inschnappet ümme, un is denn in Galopp nau buten hen suuset. – Is doch 'n Wunner, dat miene Karin bi dat Spektakel nich eerst upwacket is. – Jungedi, de heff ick ower muorden wat to votellen. Dat glöfft de mi in 't Liärben nich. Ower denn harre ick iähr de schmuddelige Bettdiärken wiesen konnt. Ick hadde een Handdouk ut 'n Kleerschapp halt un woll güst dat neurigste reggen maken, dor seich ick: keen biärtken Dreck heff Shakira achterlauten! Ick striärke miene Karin no mol sachte üorwert Hoor, rull mi ünner de Diärken tohaupe un denk sau bi mi: Wat hebbt wi doch for 'ne onnicke Shakira, heff se sick doch unnen up de Footmatten iähre Klauen afputzet.

Osna — Helau

Jedet Joahr fiert se bi us in Ossenbrügge Karneval. Ümmer den Sauterdag vor Rosenmaundag. Dor gifft dat 'nen grauten Ümmetog düe de haule Binnenstadt. Met vierle Motivwagens un Danzgruppen un Musik. To Friärten un Suupen gifft dat bi söke Grautvoanstaltungen sauwiesau ümmer vierls to vierl. – Düt Joahr wollen wi dor auk mol met de ganzen Famirlje hen. Steffen un Jan hadden de dusselige Idee, use Elvira met to niehrmen. Kümp gar nich in Frauge! Veehtüüges hört in' Stall orre up de Diärlen. Jedet Mol, wenn wi bet nu een Deer irgendwo met hennuohrmen hebbt, is dat forts in de Büxen gauhn un dat heff jedet Mol 'ne middlere Katastrophe giewen. – Un wenn ick mi os Aape vokleeden mott, de Rüe blifft to Huus!!! – Os wi denn Ossensauterdag lös föhrt sünd, seit ick tatsächlick met so 'n Aapenkostüm in' Auto. Ower nützet heff dat gar nix.

Use Elvira seit achtern up de Rückbank. Leider kann ick mi in use Famirlje nich düesetten. To ollen Unglücke mott miene Karin no to de beeden Bengels haulen. De wollen nämlick auk use Elvira voklee- den, wiärgen dat doch Karneval is. – In leewevuller Lüttkarbeed hebbt de beeden Jungs Borthoore an use Elvira anbacket un Drauht an ehren Steert monteert, sau dat de een biärtken in' Buorgen no buor- ben wiesde. Dat ganze met 'n halwet Kilo Fingerfarwen anschmeert, ferrig was de Karnevalsjeck – Un nu sitt tüsken Steffen un Jan eene graute, griese Katten, un wat for 'n Bolzen. Ick heff glieks wüßt, dat geiht vokehrt. Ower woll mol wier kein- eene up mi hörden. Ick scholde mi met miene aultmeudsken Buernansichten trügge haulen, heff ick mi seggen lau- ten mößt. Dat dat 'ne Schietidee met use „Supermiezi" was, heff ick oll in Park- huus begriepen. Dor geif dat no meehr Bekloppte, de ehre Rüens metschliärpen mössen. Een lüttken Fifi heff winselt un sienen Steert introcken, os he use Elvira

seich. Bi eenen änneren Rüen hebbt sick
de Nackenhoore upstellt, un he heff luut
anfangen to bliärken. Up usen Weg to den
Ümmetog is us no eene lüttke Fruu met
eene güst sau grauten Dogge in de Möö-
te kuormen. De Fruu heff up de Strauten
eene lange Bremsspur trocken, ümme
ehr Kalf dorvan aftohaulen, use Elvira
uptofriärten. Wi hebbt 'n Gang toleggt,
ümme 'n poor Meeters tüsken us un dat
Riesenveeh to kriergen. Wat hebbt se
blauts olle giegen use Elvira? So 'n Veeh,
wat utsüht os 'ne Katten, ower ruuk os so
'n Rüe, mott jä bannig suspekt sien. Ick
frauge mi oll de haule Tied, wat so 'ne
Rüenmieze van so 'n Karnevalsümmetog
heff? Minskenmassen, de an de Strauten
stoht. Dor süht so 'n Rüe doch blauts Bee-
ne. Os ick no an sineerden was, of sick so
'n Rüe woll Gedanken maket, an wecket
Been man an besten mieen kann, heff ick
'n grauten Duerlutsker an' Koppe krier-
gen. Autsch, wat brummt mien Schädel!
Wat gaut, dat ick so 'n dicken Buern-
rumskopp häwwe! Sensiblere Naturen

wör 'n dorbi liggen gauhn. 'Ne graute Schwienerigge is dat, dat se tonnenwiese Bonschen up de Strauten schmitt! De leste Kriech is leider Gott si Dank oll lange vorbi, dat se Iärtensaken sau eenfach wegschmieten kürnt. – Meteens heff use Elvira jouhlt un is afsuuset os 'n geölten Blitz. Wiärgen dat use Jan dor nich met riärknet heff, is em de Liene ut de Hänne glieen. De Grund for Elviras Panik stönd direktemang achter us: Dat graute Kalf van vorhen. Dütmol konn de lüttke Fruu nich bremsen, sünnern is up de vierlen Kamellen utrutsket. Un dütmol woll sick de Doggen den leckeren „Kattenhappen" nich wier düe de Lappen gauhn lauten. Elvira is up de Strauten schuorten, de Riesenbello dor achteran. Elvira heff 'n wieten Satz maket. De Lüe up den Motivwagen hebbt vor Schreck de Ämmers met de Bonschen in de Minskenmenge fallen lauten, os de graute, griese Katten dor buorben lannet is. De Lüe, de so 'n Bleckämmer an Kopp kriergen hebbt, hebbt nu wisse 'ne middelschwore „Gehirnvoschüttung" afkriergen. – De Dogge was to schworfällig, ümme up den Wagen to springen, ower dat konn use Elvira jä nich wiärten. Sau woll se up de änneren Siete wier rünner springen. Dorbi heff sick ehre Liene an de Angie-Merkel-Figur up den Motivwagen vofangen. Ümme use Elvira vor den Afgang düe Uphangen to bewohren, sünd Steffen, Jan un ick gawwe ümme den Wagen ümmeto loopen. Dorbi bün ick düe eene Gruppen met Funkenmarieken sprintet, un heff eene anrempelt. Wiärgen dat de bi 't Danzen ümmer een Been in de Luft hebbt, konn se ehr Gliekgewicht nich meehr haulen un is an eene ännere anstött. Os sau Dominosteene sünd se eene nau de änneren ümmekippet. Döht mi jä bannig leed, ower dor konn ick in düssen Moment keene Rücksicht up niehrmen. – 'N biärtken Schwund is iärben bi jede Sake. Os wi güst use Elvira redden wollen, was dat graute Kalf auk oll dor un heff ümme sick bieten. – Gottlow hebbt wi een goet Krankenhuus bi us in

de Stadt. Dor hebbt se us dree: Jan, Elvira un mi, achteran wier tohaupe flicket. – Ick heff jä forts seggt, Karneval kann man biärter auhne Rüen fiern. Vollichte scholde man dat neichste Mol doch leewer up aultmeudske Buernansichten Rücksicht niehrmen!

Vokehrschaos

Dat Landliärben is 'ne fiene Sake. Ollens beschaulick un ruhig. De Idylle wärd ower meest stört, wenn de Lüe ut de Stadt kuormt, un sick de Natur for ehre Vognöglichkeeten to tweed utsöket. Meest krigg man os Buer dor jä nix van met, will man jä auk nich unbedingt. Ower iärgern mott man sick denn doch üorwer de vierlen Achterlautenschaften van düsse Poore, os Papeertaskendöcker un auk no ännere Saken, wo ick nich neiger up ingauhn will. Sau sünd düsse Lüe nich unbedingt hauge anseihn bi us Buern. Af un an krigg man sauwat ollerdings doch met. To 'n Bispeel, wenn se sick up 'm Feildweg faste föhrt hebbt. Denn mott ick dor met 'n Trecker hen un de wier rut trecken. – Eenmol stönd so 'n Poor achter dat Umspannwiärk in eene Senke, gaut schützet vor niggelige Tokiekers. Blauts hebbt de beeden düchtig Pech hatt. Güst in de Tied, wo se sick wohrschienlick neiger kuormen sünd, heff dat 'n düchtiged Sümmergewitter giewen. Dor is in teggen Minuten sauvierl Water van Himmel fallen, os süs in eenen ganzen Maunat. De Senke was fullloopen un dat Auto natürlick afsuorpen. Ick konn mi een Schmüstern nich vokniepen. Up miene ironisk bissige Oart mösse ick de beeden no eenen metgieben un frotzelde: „Se hebbt sick jä 'ne nette Stiäe for ehr Schäferstündcken utsocht." Un „Hebbt Se tohuus keen Berre", heff ick no nauschuuwen. Dormet heff ick bi de beeden in 't Schwatte druorpen. De Kärl wörd sau wat van knallraut an Koppe un was richtig vogrellt. „Vanwiärgen Schäferstündcken." Siene Fründin wüsse eene Afköttung, meende he. – Aha, de Fruu is schuld! – „Wo kann man blauts düe so 'ne Matsche föhrden?" Ick konn dat Sticheln nich sien lauten. Os se vorhen kuormen sünd, wör no keen Water dor, meende he. – Aha, nu heff he sick voroahen! – Een änneret Mol heff sick een Poor in' Waldweg faste föhrt. Siene Fründin woll Autoföhrden üorwen, meende dat Mannsminske, un he heff no schregget: „Nich in düssen Weg." Ower se heff nich up em hört. – Is doch gediegen, dat de Wiewer ümmer schuld sünd! – Dat neichste Mol was et de Waldweg giegenüorwer van de Strauten. Een grauted, deepet Matschlock, wo ick nich mol meehr met 'n Trecker düe föhden mag, ower de Limousine, de stönd dor medden drin. Ower keen Haken an to fiehnen, wo ick miene Ketten to 'n Afschliärpen an befestigen konn. Un de Fruu harre de gediegensten Ideen, wo man de Ketten faste maken konn, an de filigransten Bleckecken. Ick heff ümmer aflennt, un mi bi den Kärl rückvosichert, of ick sienen Wagen ut 'nänner rieten schall orre nich. Ower de Iärmste is gar nich richtig to Word kuormen. Duernd is de aule Henne em üorwert Muul föhrd. Em was dat schinns düchtig scheneerlick, dat jedeeene miärken konn, dat he bi de Aulsken onnick ünnern Pantuffel stönd. Mi was dat Ganze irgendwann to dumm, un sau heff ick de beeden denn in de Schieten sitten lauten un bün met mienen Trecker wier afrücket. Wenn de Wiewer auk ümmer Schuld hebbt, düsse dusselige Kauh wisse. De heff ehren Leewsten wohrschienlick auk eerst dortau neurigt, in de Pampe to föhrden. Ick huorpe for den Kärl, dat he met düssen Bessen nich vohierodt is. – Lestens hebbt wi auk wenig Mitleed hatt, os wi met fief Waidgesellen up Jagd wör 'n un so 'n Lieferwagen eensam un olleene in' Waldweg stauhn seihn hebbt. Wiärgen dat wi ümmer for so 'n lüttken Spoaß to hebben sünd, hebbt wi us eerstmol liese ranschlieken. De Achterdüden van den Lieferwagen was lös. Holtkisten, de süs woll in den Wagen leigen, wör 'n utrüümt un buten upstapelt. Den Platz in den Wagen mott man schließlick for wat ännert hebben. Nu in Hiärwstdag was dat buten schließlick to kault for sauwat. De beeden in Wagen wör 'n sau met sick sümmes beschäftigt, dat se us gar nich hört hebbt. Os wenn wi dat afspruorken harren, hebbt wi us ümme den Wagen upstellt.

Obst +
Südfrüchte

Veer Jägers hebbt ehren Ballermann in de Heuchte haulen. De ännere heff met seine Fingers bet dree tellt. Un up Kommando sünd olle veer Püster up eenmol lös gauhn. Eenen Mordskrach konnen veer Flinten tohaupe maken. Jedenfalls hebbt de beeden in' Wagen sick bannig voschruorken. De Kisten sünd utenänner fluorgen, os de beeden splitternackt ut den Laderuum karjöhlt kuormen sünd. Ratzfatz wör 'n se vodden in' Föhrerhuus un sünd afsuuset os so 'n poor Beschüerte. – Wi hebbt us eerstmol fief Minuten den Buuk haulen möst for Lachen. Denn bün ick anfangen to sineerden. – Wenn de beeden nu sau nackelig up de Strauten föhrd, is dat nich „Erregung öffentlichen Ärgernisses". Un wo kann man sick bi 't Autoföhrden blauts antrecken? Dat kann ick mi bi 'n besten Willen nich vostellen. Un wecke is an dat vopatzte Leewetabentüer schuld an? Bestimmt de Fruu! Vollichte heff se den Schlürdel van de Huusdüden voklonnert un de beeden mössen up den Wald utweeken. Orre se

harre dat terminlick nich änners hen-
kriergen, dat ehr Kärl nich tohuus wör.
Up jeden Fall is wisse de Fruu schuld! De
Wiewer sünd nämlick ümmer schuld. De
hebbt oll fröher sünnigt, mott man blauts
an de Geschichte met Eva un den Appel
in 't Paradies denken.

Dat biärtken Huusholt

... is een bekanntet Leed. Dor kann ick nu middlerwiele auk een Leed van singen. Dree Wiärken bün ick nu oll olleene. Miene Karin is in Kur. Ick häwwe zwar langjöhrige Erfohrung in Disk decken, Spölmaschine utrüümen un Kartuffeln schrappen, ower süs bün ick, wat Huusholtsföhrung anbelangt, eher een unbeschriewenet Blatt. Woll dormet seggen, ick heff van reen gar nix auk blauts de lieseste Auhnung. Is mi ümmer ollens afnuohrmen worden. Eerst van miene Moder un denn van miene Göttergattin. Dormet ick halfwegs üorwer de Runnen kuorme, heff miene Karin mi eenen Üorwerliewensplan schriewen. Dor steiht for jeden Dag akuraut un pingelichst upschriewen, wat ick kuorken schall. Konn jä nix meehr scheewe gauhn! Heff ick jedenfalls dacht. – Ower sau lichte, os dat bi de Fruuslüe ümmer utseihn heff, was dat denn doch nich. An eersten Dag göngen de Malessen oll lös. 'N biärtken Miärlke afkuorken, kann doch nich sau schwor sien. Heff ick doch oll dusendmol seihn, wo sauwat maket wärd. Ick drinke de Miärlke blauts afkuorket. Friskmiärlke is nich mien Ding. Os ick no an Naudenken was, wolange man de kuorken mott, Pasteuriseerden in de Molkerigge duert, glööwe ick dree Minuten, is et oll passeert. Kanns gar nich sau fix den Pott van de Platten trecken, wo de Miärlke üorwer den Rand schuorten is. Wecke heff dat dacht, dat de Kauhsaft bi 't Warmmaken fiefmol sauvicrl Masse krigg. – Igitt, wat 'n Schwienkraum. Un ollens an stinken. Twee Stunnen heff ick bruuket, bet de Herd wier sau utseich, dat man cm os söken wierkennen konn. De Appetit up heeten Kakao is mi vogauhn. Ick bün forts ümmestiegen up Mineralwater. Dor kann ick jedenfalls nix met vokehrt maken. Meddagiärten heff ick

sau leidlick vor 'nänner kriergen, dank
den Üorwerliewensplan van miene Fruu.
Jeden Dag Ferrigpackungen ut de Tru-
hen schmecket irgendwann nich meehr.
Dor frögget man sick wier up een richti-
get Iärten. Kartuffeln schrappen, wie ge-
secht, miene Spezialität. Dortau Gemöse
un 'n grauted Stücke Fleesk. Hm, lecker!
Ick heff de Fruuslüe ümmer bewunnert,
ower sietdem ick sümmes kuorken mott,
is miene Bewunnerung in Faszinatschon
ümmeschlauhn. Wo krieget de Wiewer
dat blauts jeden Dag hen, dat dat Iär-
ten up 'm Punkt ferrig is? Wenn bi mi
de Kartuffeln gar wör'n, was dat Gemö-
se oll vokuorket un dat Fleesk no fruor-
den. – An Sünndag heff ick mi up mien
Fröhstücksei frögget. Gifft dat bi us jeden
Sünndag. Ower wusau löppt bi mien Ei
no dat Witte rut, wo dat doch acht Mi-
nuten kuorket heff? Vostoh ick nich! Was
dat Water nich heet noug? Weekegger
for söke hatten Kärls os mi, is nich dat
richtige. Ower keen Problem. Kann man
naugaren. Wofor hebbt wi denn 'ne Mi-

krowelle? – Himmel, heff ick mi vojagd, os dat Ei explodeert is. Vollichte was de Grillstufe doch dat vokehrte Programm? – Ick glööwe, wenn man langfristig de Huusholtsföhrung üorwerniehrmen will, lohnt sick dat, eene Unfallvosicherung aftoschluten. – De Sake met dat Ei un de Mikrowelle was no 'ne gröttere Schwienerigge, os dat met de Miärlke. Heff ick auk nich meehr ganz reene kriergen. De Mest is düe de Löckers hauge bet in de Maschine fluorgen. Ick glööwe, dat Dingen is hen. Wo brenge ick dat blauts miene Karin bi? De Apparaut was man eerst knapp 'n halwet Johr ault. Schade, wo ick doch sau gärden üorwerbackenen Toast iärte. Ower auhne Mikrowelle? Hault stopp. Wi hebbt doch no 'n Toaster. – Gediegen! Wo man den Keise dor wier rut krigg, heff ick bet hüüte nich vostauhn. Ick glööwe, de Toaster deelt dat glieke Schicksal os de Mikrowelle. – Na jau, baule is jä Wiehnachten. Dor wär ick mi met Geschenke mol nich lumpen lauten. – Vollichte kann ick mol wat backen.

Pellkartoffeln + Kräuterquark
Frikadellen, Blumenkohl, Kartoffelpüré
Also dann mein Schatz, Du schaffst das schon! Bis bald, Deine Karin

For Koken un so 'n söten Kraum bün ick ümmer to hebben. Wo Karin ehre Backböikers heff, weet ick genau, in dat sülwige Regal, wo Harry Potter steiht. Wat gifft dat dor ollens for schöine Saken. „Branddeig." Mh ..., hört sick brandgeföhrlick an. No 'n Fiasko in de Küorken kann mi nich meehr leisten. „Söltdeig." Igitt, kann mi nich vostellen, dat sauwat schmecket. „Sandkoken." Knirscht wisse düchtig tüsken de Kusen. Leewer doch nich backen. De ännern Experimente in Huusholt sünd auk scheewe gauhn. – Mott neurig Wäschke wasken. Mien Bestand an Ünnerbüxen geiht langsam to Neige. Ick steih vor de brandnien vullautomatisken Waskmaschinen in Keller. Kuorkwäschke steiht dor up. Ick will de nich kuorken! Wat schall ick met Ünnerbüxen up den Herd? Ick will de in düsse Höllenmaschine wasken. – Draff ick de Socken bi 90 Graud wasken? Wullpullovers vodriärget glööwe ick blauts 60 Graud. – Himmel! Ick kenn mi met Lüftungscomputer, Güllefatt, Hamer-

müohrlen un Melkmaschins ut. Kann
bi 'n Trecker de Kupplung utwesseln un
bi de Motorsagen de Zündkerßen ut-
tuusken. Ower Waskmaschine? Dat is
for mi os 'n Book met sierben Siegeln.
Vollichte doch leewer Hand-
wäschke. Heff man fröher
auk sau maket. – Nau de
vierlen Malessen in Huus-
holt heff mi auk de Ziärdel
an' Köhlschapp nich meehr
upmunnern konnt. – Puuh,
ick huorpe, miene Karin
kümp neichste Wiärken wier
un krigg keene Volängerung. – No twee
Wiärken os Huusholtsboss, dat üorwer-
liewe ick nich!!!

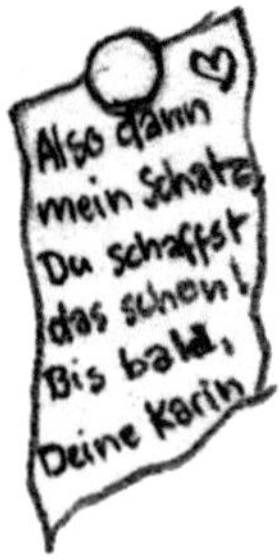

Klangartfestival

Schick un in is dat vandage, Kulturvoranstaltungen up 'm Lanne ünner vierlvospriärkenden Naumen düe to föhrden. Sau to 'n Bispeel: Goardenphantasien, Folk up 'n Büern, Oper in' Kauhstall, Landart, Piärre un Dräume, Landvognögen, Rock in' Bullenstall, Buernhofftheater in de Schüüden, un vierles ännere meehr. – Üorweroll wärd irgendwat anbuorn. Dor konnen wi auk nich trügge stauhn. Ick spiärle in miene frien Tied in een Orchester met. Sau is vandage dat eerste Klassikkonzert bi us up 'm Hoff. Wi hebbt eene graute Lagerhallen for Strauh. De is in Sümmer vor de Iärnte ümmer liech un passet wunnerbor for sauwat. Graute, hauge Hallen, met Blick up den Kauhstall, de dor niärbenan ligg. Dor kürnt de Konzertbesöikers glieks no wunnerschöine Melkkögge seihn un no 'n biärtken dorüorwer metkriergen, wo de Ställe vandage utseihet, un wo de

Deere sau liewet. Leider sünd blauts 80 Tohörers kuormen. De Anfang is ümmer schwor, sauwat mott sick eerst rümme küden un etableerden. – Süs spiärle ick jä Klaveer. Ower so 'n Flüegel antoschliärpen, was us 'n to grauten Upwand. Sau bün ick denn vandage up Keyboard ümmestiegen. Nich ganz stilecht for Klassik, ower wärd woll mol gauhn. Dat Orchester hadde Upstellung nuohrmen. Ick seit ganz an de Sieten to 'n Kauhstall hen. Eegentlick hadden wi jä meehr os 80 Tolusterer, de Kögge keiken auk duernd düe dat Gitter, tominnest 'ne Tied lang, bet iähr dat to langwielig wör. Denn sünd se wier afrücket, to 'n friärten, suupen orre schlaupen. Blauts eene, de stönd de haule Tied an Gitter un hörde sick dat Spektakel an. Miene Kauh „Haribo". Se schlöig ümmer iähren Steert hen un hiär, un saugar in' Takt van de Musik. Scholde miene Haribo vollichte muskalisk sien? In' Melkstand is mi dat no nich upfallen. Dor hört wi nämlick ümmers Radio, ollerdings Popmusik. Vollichte schall ick mol ümmestiegen up Klassik. Dor schürlt de Kögge sauwiesau meehr Miärlke van gieben. Is wissenschaftlick bewiesen! – Biärter doch nich. Wenn de dor auk ümmer met den Steert in' Takt hen- un hiärschlait. Gräsig! Wecke will bi 't Melken oll anduernd 'n Kauhsteert ümme de Ohrden howwet kriegen? Ut Spoaß heff ick Haribo mol dat Keyboard an 't Gitter haulen, un süh dor, se heff met ehre Hördens glieks up de Tasten drücket, un oh Wunners, auk den richtigen Ton druorpen. Ick was faszineert, un eene fixe Idee begünn sick in mienen Koppe faste to setten. In de Konzertpausen heff ick denn fix Stebels antrocken, bün in' Kauhstall rin un heff meine Haribo eerstmol anhalftert. Miene Kögge sünd olle handtamm, de kann ick sau kriergen. – Oh, so 'n Mest, nu heff ick twee Sprützer Kauhschiete an miene goe Antogbüxen kriergen! Heff ick no nie nich schaffet, met eene reene Büxen wier auhne Plecken ut 'n Stall rut to kuormen. Kann man leider nich wier utwasken. Sau mannigeene goe Büxen mösse ick nauhiär to 'ne Arbeetsbüxen ümmefunktschoneerden. Un nu wier eene! – Kann ick man glieks wegschmieten. 'Ne Antogbüxen will ick buten nich driärgen. Ower egal, for söke Niärbensächlichkeeten heff ick nu keene Tied. Haribo heff ick an' Strick in de Konzerthalle föhrt. De Gäste hadden oll wier ehre Plätze innuohrmen un wör 'n an tuskeln, os ick met Haribo rin keimp. Miene Orchesterfrünne hebbt sick natürlick auk wunnert. Ick häwwe se liese anwiesen, blauts wat langsamet to spiärlen. Mit twee Hördens kann man iärben nich sau fix spiärlen, os wenn dor teggen Fingers üower de Tasten gliet. – De tweede Deel van' Konzert konn lös gauhn. Haribo heff met ehre Hördens Keyboard spiärlt, os wenn se dat oll ümmer dauhn harre. Een Naturtalent! – Haribo is use eenzige Kauh, de no Hördens heff. Wat dormols eene middlere Katastrophe wiärn is, dat se us os Kalf bi 't Hörden afniehrmen düe de Latten flutsket is. wieset sick nu os Glücksfall. Auhne Hördens harre se jä nich gaut Keyboard spiärlen konnt. – Wenn use Konzert de Gäste bet dorhen wisse nich van Hocker riärten heff, wör 'n se nu ower hellwack. Mucksmüüsken- stille was dat. Man harre de sprichwört- licke Stecknaudel fallen hörden konnt, wenn wi nich güst an musizeerden wör 'n. – De Sensatschon! Eene Kauh an' Keyboard. Achter use Vostellung geif dat tosenden Applaus, os wenn dor 300 Lüe in use Halle wör 'n, un nich blauts achtig. Standing ovations, os de Welt- bürger van hüüte seggt. Dat hett, dat dat Puplikum reeneweg ut 'n Hüüsken was. Blauts use Haribo heff sick voschruor- ken bi den Radau, un heff 'n Satz bisie- te maket un eerstmol dor henschierten. De is den Starrummel iärben no nich wüohrnt. Na, kümp no! Denn heff se eh- ren Kopp 'n biärtken scheewe haulen, os so 'n Maestro bi sienen Afgang. Na olsau, geiht doch! – Glücksiärlig heff ick miene Augen schluorten, un mi dat in den herr- lichsten Farwen utmault. Wenn wi auk man blauts een 0-8-15 Orchester sünd,

POP Corn
yaHuHu

un sick use Musik wohrschienlick nich nau ehr un nich nau em anhört, wärd use Halle neichstet Johr up jeden Fall to lüttk sien. Ach wat, use Halle. Use ganze Hoff! – Spuortarenen, graute Konzertsäle un Messehallen up de ganzen Welt kürnt wi full kriergen. – Ick seih oll de Schlagzeilen in de Zeitungen: „Haribo! Eeen Star is gebuorden." – Bannig ünnerdriewen! Een Weltstar! Achwat. Een Megastar! Voglieke met Phil Collins, Bryan Adams un Celine Dion dränget sick förmlick up. – Wo krigg man dat blauts hen, dat se bi so 'n Konzert de haule Tied dichte hölt? Off dat Pampers auk for Kögge gifft? – Ick seih den Himmel üorwer mi vull van Geigen hangen. – Os ick de Augen wier lös makede, wör 'n dor ower keene Geigen. Nichmol dat Dack van use Strauhhalle was dor, sünnern blauts de Votäfelung van use Schlaupkamen. – Schade! Würklick jammerschade! Ick wör sau gärden met miene Haribo up Welttournee gauhn. Dat met use Karriere kürnt wi nu woll knicken. Ick wär woll een ganz gewüohrnlicken Buern bliewen un miene Haribo eene ganz gewüorhnlicke Melkkauh. – Ofschon, de Idee met dat Konzert, is 'n goen Infall. Een Konzert in use Strauhhallen! Dat wär ick for neichsten Sümmer in Angriff niehrmen, ofwohl ick sümmes total unmuskalisk bün, – un Haribo wisse auk.

Nauhülpe for de Nauhülpe

Een gohet Piärd springt nich heuger, os et mott. Segg man ümmer sau. Dat gült auk for de Schoule. Dor is use Jan een grautet Paradebispeel in. Jedet Johr is de Stangen an wackeln. Ower bet nu is se ümmer liggen bliewen. Use Jan is nu in de achten Klassen up dat „Gumminasium". Nich dat he to dösig is, nee, wisse nich. Blauts stinkenfull is he. Dormet he de neichste Hürde schaffet, auhne dat wi jedet Mol biewen mürt, hebbt miene Fruu un ick beschluorten, em so 'n biärtken ünner de Arms to griepen, un met em to üorwen. Ower dat is gar nich sau lichte. Ick bün nu oll dattig Johre ut de Schoulen rut. Sietdem heff ick den ganzen Kraum nich meehr bruuket. – De Kögge hebbt mi nie nich frocht, wat 'n Imperativ is, ofwohl ick de faken noug in'

Befehlston upfordert heff, irgendwo hen to gauhn un ümmer drängelt heff, wat to dauhn, wat se eegentlick nich wollen. Eene Gliekung met Unbekannten wör de veerbeenigen Miärlkprodutschenten total unbekannt un auk völlig gliek. Den Schwienen was dat schietegal, of ick dat Wort „amare" konjugeerden konn, orre dat kyrilliske Alphabet utwennig wüsse. Hauptsake, se kreigen Foder in' Trog. De Höhners heff ick ni nich met „Salut" un „Au revoir" anspruorken, ofwohl de Hahn in Frankriech 'n natschonalet Symbol is. Wi hebbt iärben dütske Höhner! De Ärdappels wollen to 'n Wassen blauts Dünger un Water hebben un konnen met den dösigen Akademikerspruch: „Die voluminöse Expansion der Solanum Tuberosum ist reziprok zum Intellekt des Produzenten" (De dösigste Buer heff de dicksten Kartuffeln) nix anfangen. Un de Trecker löpp blauts met Diesel, un nich met Aquarellfarwen orre Schwefelsäure. – In Latinsk was ick fröher mol gaut in de Schoulen, ower ick was doch tiärmlick baff, os ick lestens bi 't Üorwen met usen Jan üorwer den Ablativ stött bün. Dor konn ick mi gar nich up besinnen. Wofor hadden de Römers no eenen Fall meehr bruuket? In de dütsken Sprauke langet doch auk veer. De Römers mürt woll ümmer 'ne Extraworst hebben! Up jeden Fall konn ick met 'n Ablativ nix meehr anfangen. – Of et den fröher bi us auk oll geif? Bestimmt! Latinsk is schließlick 'ne ganz aule Sprauke. Dor wärd nu Generatschonen un Abergeneratschonen van Schöilers met Latinsk quiärlt, blauts wiärgen dat vor 2000 Johrden Arminius den Varus mol an de Rüstung pieselt heff. – Sautoseggen de late Rache van de Römers an de Teutonen. – Wofor bruuket man blauts past tense un present perfekt? Wofor bruuket man üorwerhaupt Inglisk? De wohre Weltsprauke is sauwiesau plattdütsk. De Angelsassen hebbt dat fröher nau Ingland brocht un dormet ehre Sprauke upwertet un achteran in de haule Welt driärgen. De Holländers konnen dat küeden, un olle Dütsken küornt dat vostauhn, tominnest üorwerhalf van den Wittworstäquator. – Ofwohl wi pädagogisk nich vobelastet sünd, heff ick mi met miene Fruu faken in de Wullen kriergen, wo wi den Jungen den Schoulstoff an besten intrichtern konnen. Dat göng mannigmol sau luutstark bi us to, dat use Mieters buorben usen Jan froggt hebbt, wat denn lös wör. Use Jan heff denn seggt, dat siene Modder sienen Vater de Mathehuusupgaawen voklört. – Gottlow is use Bengel in Chemie un Physik 'n Ass. Dor bruuket wi tominnest nich bi helpen. Düsse beeden Fächers wör 'n fröher nich güst miene stiärkste Siete. Ick weet in Physik blauts no, dat man up een Magnetfeild nich ackern kann. Hebbt Linsen wat met Energie un Rückstoßprinzip to dauhn? Ick glööwe. Tominnest de Linsen in de Küorken, de man iärten kann, hebbt dormet to dauhn. Un wie!!! – Bi Chemie weet ick blauts no, dat man an besten nix dorvan in 't Muul niehrmen scholde. Met düsse Ansicht kann man vandage auk woll no gaut üorwer de Runnen kuormen. Blauts vollichte bi Natriumchlorid konn man eene Utnauhme maken. Igitt, ick mag sauwat jä nich, ower de meesten Lüe strögget sick sauwat üorwer ehr Fröhstücksei. Wat is de Ünnerscheed tüsken Sulfat un Sulfid un Sulfit? Geiht Caesium met Waterstoff 'ne Vobinnung in? Konn man Protonen anpacken? Keenen blassen Schimmer meehr. – Noten liärsen in Musik, konn ick güst sau gaut, os use Kanarienvuogel, blauts met den Ünnerscheed, dat de Piepmatz auhne Noten tominnest singen kann.

In Geschichte is auk nich vierl hangen bliewen, blauts dat Hitler un Stalin Vobriärkers un Schwienebuckels wiärn sünd. Ower heff Alexander de graute, nu Troja innuohrmen orre was dat Heinrich Schiemann? Heff Cleopatra 'n Vohältnis met Hannibal hatt orre met Kaiser Augustus? Stönden de Türken vor Paris orre vor Amsterdam? Is Napoleon giegen Moussolini orre giegen Wilhelm den Tweeten in de Schlacht tuorgen? Wohiär schall ick dat ollens wiärten? Was jä ollens

Na + Cl → NaC
NaClO
Ø 3 cm

vor miene Tied. – Bi Ärdkunne was ick in Topografie nich to schlauhn. Dor weet ick vandage no, dat de Hauptstadt van Madagaskar Tananarivo, un de Hauptstadt van Obervolta Ouagadougu heeten heff. Dor heff ick ümmer mien Süster met iärgert, de Geographie studeert heff, un man güst wüsse, dat Malta in Europa ligg. – In Bio hadden wi utföhrlickst dat Thema „Sexualität bi de Schniggen." Heff mi eegentlick nie nich interesseert. Wo düsse Viechers sick vomeehrt, weet ick vandage nich meehr. Ower dat dat good klappet, kann ick jeden Dag bi us up 'm Acker un in' Blomenbeet seihn. – Wenn wi met usen Jan büffeln wollen, is dat bet nu ümmer sau afloopen, dat use Junge us dat vorhiär hoorkleen ollens voklorden mott, sautoseggen Nauhülpe for de Nauhülpe. Pech for us olle dree, wenn he dat nich kann. – Schoule is vandage oll 'n hattet Braut, besünners for us Öllern.

Kauhsignale

Kögge maket 'ne Masse Arbeet. Besünners wenn de kalwet, mott man hennig gaut uppassen, dat ollens glatt löppt, dat de Geburt auhne graute Schwierigkeeten vanstatten geiht, de Kalwers munner sünd un de Kögge keene Krankheeten krierget. Güst ümme de Kalwung is de Gefohr graut, dat de Moderdeere Miärlkfeewer orre Stoffwesselprobleme krierget. Bi mienen Rundgang düe den Kauhstall an düssen Muorden heff ick 'n besünneren Blick up „Minerva" un „Kelly" schmieten, de sünd baule sauwiet. De beeden leigen ower ganz stille in ehre Boxen an wierkebben. Nix dorvan to miärken, dat et nu baule lösgeiht. Ick woll mi güst ümmedreggen, un in den Melkstand gauhn, dor heff ick 'n Schlag in' Moors kriergen. Fix heff ick 'n Utfalltrett nau vodden maket, süs harre ick dor in de Kauhschieten liärgen. Achter mi stönd miene „Jorinde". Os ick no an üorwerleggen was, wat dat denn nu scholde, heff se mi nomols anschuuwet, sau dat ick düssen Rums wier met 'n Trett affangen mösse. Sau heff se mi sachte to 'n Afkalwestall henboxet. In de Ecken hebbt wi nämlick eene Bucht met Strauh to 'n Kalwers kriergen. Os Jorinde mi den halwen Weg dorhen bugseert hadde, is se an mi vorbi loopen un heff vor de Düden to den Stall Upstellung nuohrmen. – So 'ne Kauh dräch jä 280 Dage, jedenfalls sau in etwa. Genau kann man dat nie nich seggen, dor lött sick de Natur nich in de Soppen spürtern. Mannigmol kann dat acht Dage fröher sien. Af un an geiht de Deere ower auk twee Wiärken üorwer de Tied. – Ower met Jorinde duert dat no

dree Wiärken. Dat is vierls to fröh! Uterdem sünd ehre Beckenbänners no nich lös, un dat Euter no nich faste. Ick heff mi ümmedregget, un woll nu endlick anfangen to melken. Dor stönd Jorinde meteens wier vor mi, un föng forts wier an, mi in de ännere Richtung to schuuwen. Dütmol was se rabiater os vorhiär. Up halwen Weg is se wier an mi vorbi loopen, un heff sick an de Düden upstellt. Se keik sick duernd to mi ümme. – Ick denk dor gar nich an, mi van so 'ne dusseligen Kauh rümme komandeerden to lauten. Bün fix düe de Aftrennungen van de Liegeboxen kleiet, un up de ännere Siete van Kauhstall düe den Loopgang to 'n Melkstand hengauhn. – Verflixt, ick kuorme nich weg. Jorinde was wier dor! Himmel, kann de penetrant sien. Wüst un vogrellt heff se mi wier dorhen bugseert, wo se mi oll de haule Tied hebben woll. Dütmol is se ower nich vorloopen, sünnern de haule Tied achter mi bliewen. Man lährt jä schließlick dorto. – Na gaut, bevor se mi ganz ümmebrengt, schall se ehren Willen

hebben. Ick heff ehr de Düden to de Af-
kalwebox lös maket. Jorinde heff mi bau-
le no ümmerannt. Se konn dat nich ielig
noag hebben, in 't Strauh to kuormen.
Eenen Blick heff se mi no toschmieten,
de wisse seggen woll:

„Endlick heff de Boss siene Briär
van Koppe afnuohrmen." Wofor heff ick
mi eegentlick up so 'n Blödsinn inlau-
ten, dat ick mi van Köggen ehren Wil-
len updrücken laute? – Nau dat Melken
wörd dat Tied. Jorinde mösse wier ut
den Strauhstall rut. Düsse Tändeligge
heff oll vierls to lange duert. – Ower wat
'n Wunner! Jorinde was nich olleene.
Se lickede güst een nattet Kalf af. Ge-
diegen, dree Wiärken vor de Tied? Gifft
dat doch süs blauts bi Twillingen. Ower
dorfor was de Kauh doch gar nich dick
noug! – Dor seich ick meteens no een
lüttket Köppken ut dat Strauh kieken.
Dunnerschlag, doch Twillinge! – Dor
föll mi in, Jorinde is jä sümmes Twil-
ling. Ehr Süster heff ick auk no in Stalle.
– Heff Jorinde doch recht hatt, dat se in

76

den Afkalwestall mott. Ick was mächtig
stolt! Eene Kauh heff mi wat metdeelt,
un ick heff de auk no vostauhn. Bün ick
nu analog to den berühmten Piärreflüs-
terer een Kauhvostännigen? – Orre is
nich vollichte eher Jorinde een Mins-
kenflüsterer? – Ower een Flüstern was
dat doch güst nich, eher woll 'n düch-
tigen Wink met 'n Tuunpauhl, sau os
mien Achtersten van de Schubserie üm-
mer no weh döiht.

Geschlechter-k(r)ampf

Wo heff Loriot oll fastestellt: „Mannslüe un Fruuslüe passet nich tohaupe." Un dormet heff he gar nich sau unrecht. Miene Karin un ick krierget us faken mol an de Köppe. Meest blauts wiärgen lüttke Niärbensächlichkeeten. – Os ziviliseerten un domestizeerten Kärl heff ick oll mannig een Opfer brocht. To 'n Bispeel bi dat lüttke Geschäft hensetten is büorberste Plicht, vanwiärgen de Hygiene, ofwohl wi Mannslüe dat auk in Stohen un friehännig henkrierget. Ower worümme de Klodeckel ümmer rünner mott, heff ick bet hüüte nich vostauhn. Dor heff miene Karin 'ne fixe Idee met. Ower nich blauts de. Auk de Fruuslüe van miene Frünne hebbt düssen Spleen. Sau bi lüttken glööwe ick, dat olle Wiewers in ehren Briärgen een duwweltet

Klodeckelrünnerklappgen faste installeert hebbt. – Bortstoppeln in' Waskdisk is een ganz heetet Iesen. Ick segge jä auk nix giegen ehre Hoore in de Badewannen. Wo hüorwelt wärd, dor fallt iärben auk Speune. Ower düsse Borthoore, dat was baule een Scheidungsgrund. Ümme den Huusfrieden wier hiär to stellen, bün ick denn met den Raseerapparaut ut de Nattzellenanlage afrücket un heff mi dorfor eene minner konfliktdrächtige Stiäe in Huuse socht. – Wat mi bi miene Karin besünners upregt, is, dat üorweroll an' Speegel un an de Armaturens dat Fett van ehren Lippenstift backet. – Wofor mürt de Wiewer sick üorwerhaupt so 'n Kraum in 't Gesichte schmeerden. Küornt de nich dormet tofriärn sien, wat se van Natur ut metkrierget hebbt? Ick vomode jä, Fruuslüe hebbt eenen megagrauten Minnerwertigkeetskomplex, wiärgen dat de Natur dat sau inrichtet heff, dat dat Mannsvolk ümmer meehr hiär maket. Een Löwe to Biespeel heff 'ne gröttere Mähne os siene Fruu. Een Bulle heff gröttere Hördens. Een Hahn heff 'n grauten rohen Kamm. De Kärls bi den Pfauen kürnt 'n Rad schlauhn. Generell bi olle Vuogelsotten heff dat Mannsvolk een buntet, farwenprächtiget Fierkleed, un de Wichter seihet eher sau ut os griese Müüse. Met düsse Ansicht heff ick bi miene Karin ower in een Wespennest druorpen. Worümme de Fruuslüe sick ümmer sau upbrezeln müert, heff 'n eenfachen Grund, meende se: „Een Mannsminske kann iärben biärter seihn os denken." Dat fiehn ick nu ower gemeen! – Moment mol, dat heff Klörungsbedraff. For wecken Kärl mott sick miene Karin schick maken, wo ick dor doch keenen Weert up legge? – Auk use rüümlicket Denken un Vostellungsvomüorgen is 'n Ünnerscheed os Dag un Nacht. Ick kann eene Duuwen in dreehunnert Meetern in Boom utmaken, ower dat Söltfatt up 'm Küorkendisk direkt vor miene Niärsen, dat seih ick nich. Upriärgen mott sick miene Fruu auk ümmer, wenn ick mol wat ut dat Küorkenschapp halen mott.

Ick stoh denn lange vor den pingelichst insorteerten Afthekerschapp un fiehn nich dat Kakaopulver, no de Filters for den Kaffee. Dorfor sütt miene Fruu ganz ännere Saken. To 'n Biespeel lestens, os ick van eene Geburtsdagsfier wierkuormen bün, heff se ut teggen Meetern dat blonde Hoor up miene Jacken seihn. Dat heff eerstmol eenen häßlicken Krach giewen. Ick hadde echten Verklörungsnautstand. Wat kann ick dorfor, dat de Garderobe sau lüttk was, dat de Wiewer olle ehre Mannels up miene Jacken hanget hebbt? Miene Karin harre jä metkuormen konnt to de Fier. Wat kann ick dorfor, dat se den Dag unpäßlick wör, wiärgen dat se olle poor Wiärken Opfer van ehre eegenen Hormone wärd? Olso düt dusselige Hoor heff se seihn, ower den grauten Trecker up 'm Hoff heff se nich seihn, os se dat Auto trügge settet heff. – Na jau, was vorhiär auk oll 'ne aule Schrottkarren, use Opel. Ower achteran, gräsig, auhne Heckklappen föhrden, dat treckt in Auto os Hechtsoppen.

– Strautenkoarden liärsen is for 'ne Fruu os 'n böhmisket Duorp. Inparken geiht gar nich. Wenn wi an de drütten Parklücke vorbi föhrt sünd, wo se nich rin kümp, dregge ick mi wehmödig ümme, un denk, dor kann man no kommodig met 'n Lastwagen inparken. Leewer föhrt miene Fruu denn bet an dat Enne van de Strauten, un wi mürt fiefhunnert Meeters trügge loopen. – Ower süs bün ick faszineert, wat miene Karin ollens up eenmol maken kann. Gliektiedig telefoneerden, Socken tohaupeleggen un in Flimmerkassen eenen Gesundheetsreport ankieken, keen Problem. Orre stricken, Book liärsen un singen, ollens up eenmol. Olso ick konn dat nich: stricken orre Socken tohaupeleggen, un süs heuchstens eene Sake to Tied. Besünners anstrengend is dat for mi, wenn ehre dree Frünndinnen to Besöik sünd. De sabbelt olle veer in eene Tour düe'nänner. Jede heff 'n änneret Thema, un se vostoht sick ollerbest. Ick bün total üorwerfordert un vostoh meest blauts Bahnhoff. Denn wärd dat

Tied, un ick vokrüormel mi in miene Wiärkstiäe an de Diärlen.

Mannslüe un Fruusminsken sünd sau ünnerscheedlick, dat dat 'n Wunner is, dat de üorwerhaupt tohaupe liewen küornt. Miene Fruu un ick, wi schaffet dat! Met un wiärgen ehre vierlen Macken un Marotten, güst dorümme heff ick miene Karin sau leew. Ick woll nich eenen Dag van usen ewigen Geschlechterk(r)ampf missen, un huorpe, dat wi us no lange käbbeln kürnt. – Süs wör dat Liärben doch bannig langwielig.

Blöitendraum

Up 'm Hoff hebbt wi een grautet Staudenbeet vor 'n Schwienemaststall. Nu in Sümmer maket dat Beet usen Hoff to eenen wohren Schmuckkassen. De Blomen lüchten in olle Farwen. De blaue Riddersporn un witt giärle Margeriten stönden dor. Giegenan dunkelroohe Pingstrosen, orange Montbrecien, lila Purpurglöckchen un Rudbeckien met schwatt giärlen Köppen. Een Pulk witte un rosa Phlox achter den aparten Fruuenmannel. Dat ganze is een wohren Blöitendraum. – Bün güst dorbi, Unkruut rut to rieten un de verblöiten Köppe van de Blomen aftoschnien. – Sautoseggen 'ne Voliärgenheetsarbeet. Kann nämlick nich graut wegloopen un 'ne ännere Arbeet anfangen. Vandage will een Buer ut Eutin kuormen un eenen Bullen bi us kaupen. Dor kümp wat ümme de Schüüden. – Och nee, blauts use Steffen met 'n Trecker. De heff no keenen Föhrerschien, mag ower for sien Liärben gärden met 'n Trecker föhrden. Sau juckelt he denn ümmer bi us up 'm Hoff ümme de Schüüden rümme. Olso wieder Unkruut hacken.

Nau eene Ewigkeet kümp he denn doch ümme de Ecken, een griesen Mercedes met 'n Anhänger dorachter. Ower wat is dat: een uorpenen Hänger! Un met dat mickrige Dingen würlt de so 'n grauten Bullen spazeerden föhrden? Na, mienen Siärgen hebbt se. – Wör 'n ower ganz nette Lüe, de Buer un sien Sührne. De beeden hebbt sick denn eenen Bullen utsocht, un wi sünd us auk baule hannelseenig üorwer den Pries worden. Se wollen dat Deer auk bar betahlen. In Ordnung, wo ick de Lüe nich kenne. – Wiärgen dat wi 'n Loopstall hebbt, was dat gar nich sau lichte, dat Veeh intofangen. Mössen wi met so 'ne Oart Lasso maken. So 'n Buer vandage is jä oll 'n halwen Cowboy. Os wi em endlick an' Halfterstrick hadden, göng et an 't Upladen. Gar nich sau eenfach.

De Bulle heff siene veer Beene baule
in 't Plauster rammt, sau heff he bremst.
De woll wohl nich nau Eutin? Bi 'n Auto
wör man eerstmol ABS inbowwen. Dat
Upladen göng blauts zentimeeterwiese
vanstatten. De Buer heff den Bullen van
vodden tuorgen, un wi beeden jungen
Kärls hebbt use Arms inhaket un use
Schüllern unner den Moors van dat Veeh
drücket un em anhuorben. Sau hadden
wi jedereene locker 150 kg up 'm Pu-
ckel. Up twee Beenen is so 'n Bulle vull
lichter to hännigen. – Is jä os Uulen nau
Athen driärgen, keim mi dat in' Sinn.
Wo kümp man blauts up so 'n Blödsinn?
Bi us mösse dat eher heeten: Bullen nau
Eutin driärgen. – Blauts eenmol mössen
wi em afsetten, dor göng de Steert hauge,
un keineene van us woll 'ne Tellermine
in' Nacken hebben. Irgendwann was de
Kraftprotz denn upladen. Ut Sicherheets-
grünnen wörd he met twee Stricken an
den Anhänger faste buuhnen. Mi was dat
ganze trotzdem suspekt. Twee söke lütt-
ken un maroden Stricke, un so 'n grauten

Bullen! Os ick no an Papeere rutsöiken
was, auk so 'n Rindveeh bruuket vanda-
ge eenen Reisepass, mott jä ollens sie-
ne bürokratiske Ordnung hebben, is et
passeert. De Bulle heff eenen Strick düe-
rierten. De Buer heff forts 'n niggen fas-
te maket. Os de Buer an' betahlen was,
heff dat wier „Ratsch" maket. Dütmol
was et de ännere Siete. Eenen niggen
Strick hiär! Düe dat Schuckeln bi 't Föhr-
den wärd he sinniger, meende de Buer.
Ick harre sau miene Twiefel, dat se den
heel nau Eutin hen krierget. Ick hör oll
den Vokehrsfunk, wo up de Autobahn
een Bulle van siene tweebeenigen Kolle-
gen infangen wärden mott. De Mercedes
sette sick oll in Bewegung, os ick nomol
dat Geld düe de Fingers glieen löit. Wat
is dat? Een Schien föhlde sick sau stump
an. Een Hunnerter. Moment mol, keen
Waterteeken to seihn un auk keen Si-
cherheetsband. Falskgeld!? Konn ick de
beeden no uphaulen? De wollen güst
ümme de Schüüden. Dor keim Steffen
met usen Trecker ansuuset. Sau mannig-

mol heff ick mi dorüorwer iärgert, dat he den Diesel sinnlös düe den Utpuff jagt, bi den haugen Spritpriesen. Nu bün ick dat eerste Mol dankbor dorfor. De Buer ut Eutin un use Steffen sünd beede forts in de Iesen gauhn un vor 'nänner stauhn bliewen. Os ick ankeim, wör 'n de änneren olle utstiegen, ümme sick den Schaden to bekieken. Ower nix kott. Blauts de Bulle is giegen den Anhänger rumst, un heff nu vollichte eenen lüttken Dackschoden. Ower süs, passig bremset! – Tüsken de Stoßstangen van den Mercedes un dat Frontgewicht van usen Trecker passede man güst no een dünnet Book. De beeden ut Eutin wör een Steen van Hatten fallen. Mi auk. Ower nich, wiärgen dat ick Angest vor den Rums hatt häwwe, mien Trecker harre dor keenen Schaden van nuohrmen, sünnern weil ick de beeden nu doch no met den falsken Hunni konfronteerden konn. – Falskgeld! Mott ick nu de Polizei inschalten? – Ower dat ganze was de beeden onnick scheneerlick, sau dat ick nich glööwe, dat se

mi den ünnerjubeln wollen. Naudem se
sick dattig Mol entschülligt hadden, un
mi den falsken Hunni giegen twee ech-
te Füfftiger ümmetuusket hebbt, sünd se
afrücket. – Bet nu heff ick ümmer blauts
met Blöiten in usen Staudenbeet to dauhn
hatt, eenen wohren Blöitendraum. Ower
düsse Sake hiär wör baule een Blöitenalb-
draum worden.

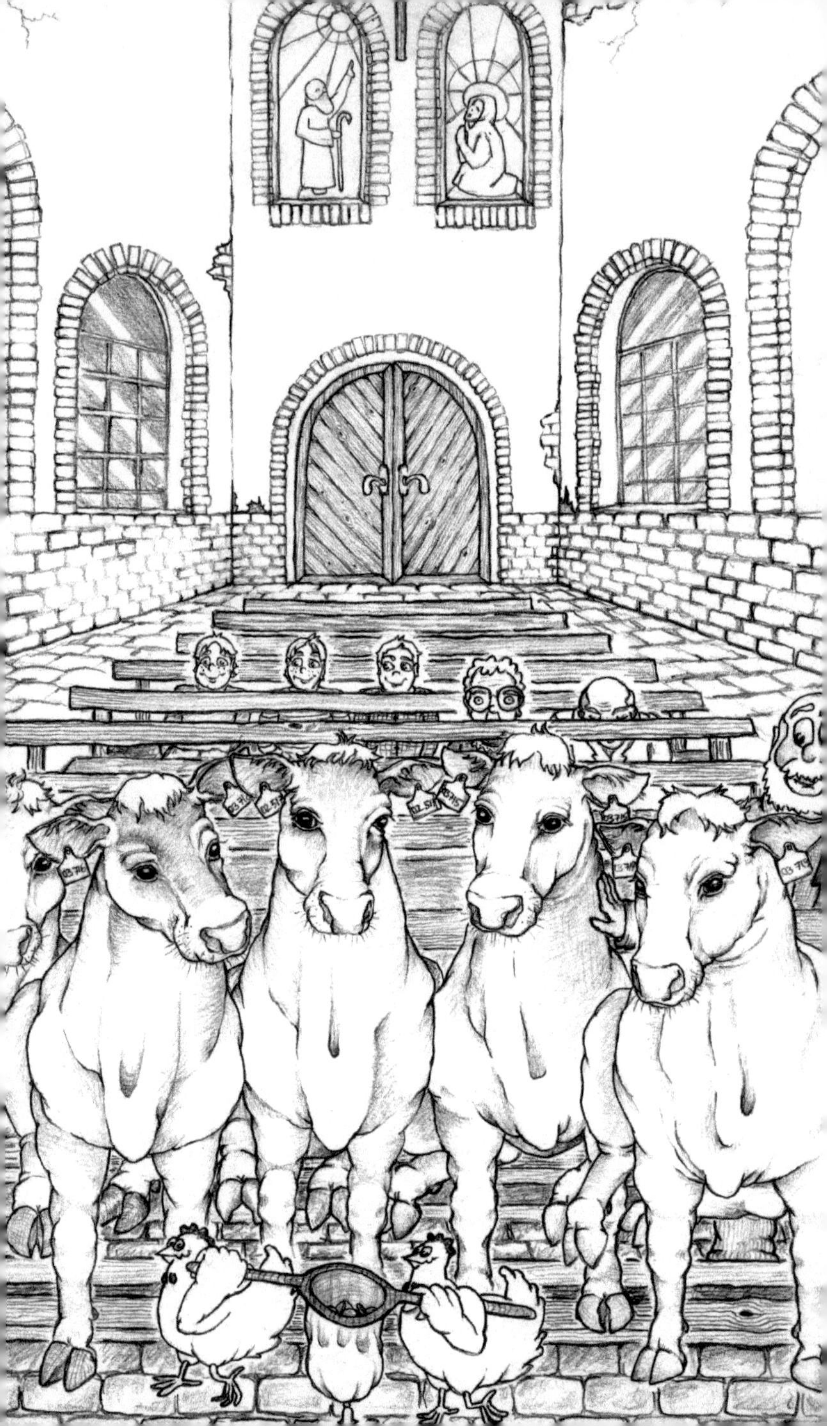

Ick glööwe an Gott ...

Jeden Sünndag goht wi in de Kiärken. Wi, dat bün ick, un fief van miene Starkens. Sietdem de Rinder met würlt to 'n Gottesdeenst, legget wi de annerthalf Kilomeeters to de Kiärken to Foot trügge, wiärgen dat sess sauwiesau nich in 't Auto rinpasset. Wi sitt in den Tempel denn ümmer vodden in de eersten Riege. De ännern Bänke sünd vierls to lüttk. Dor passet de Deere met ehren breeten Moors gar nich eerst tüsken. Dorachter sünd denn eerstmol dree Riegen liech, wiärgen dat de Lüe dor süs nich üorwer de Rinders wegkieken kürnt. Ower makt nix. De Kiärken wärd sauwiesau oll lange nich meehr full. – To Anfang was dat ungewüohrnlick, fief Jungrinder in dat Gotteshuus, man vandage stört sick dor keineene meehr an. Blauts de Pastor mott sick stännig dorüorwer upriärgen, dat de Starken unruhig up de Bank hen- un hiärrutsket. Miene Tied, Rinder sünd iärben Kinder. Dat se de Predigt stört, dorfor kriege ick van den Geistlicken denn af un an mol 'n Rüffel. De schall sick man nich sau anstellen. Wo doch meest blauts öllere den Gottesdeenst besöiket, schall he man frouh sien, wenn dor 'n biärtken Jungvolk sitt. Un üorwerhaupt, sau spannend sünd siene Predigten nu auk wier nich. For us langet 'n biärtken singen un 'n Gebeet. Besünners scharp sünd miene Rinder up dat Glööwensbe- kenntnis. Wenn se vorhiär auk ümmer rümmekaspert, sau baule de Pastor an- fängt met „Ick glööwe an Gott …", sünd se mucksmüüskenstille. Ick weet auk nich, wat de Starkens doran friärten hebbt, ower bi dat Glööwensbekenntnis sünd se ümmer hen un weg. Wenn 't nau de Viechers göng, bestönn de Gottesdeenst eene Stunne lang blauts ut Glööwensbe- kenntnis met Amen achteran. – Vandage wör 'n auk so 'n poor lüttke Bengels in de

Kiärken, vomutlick Konfirmandenkinner. Söke jungen Schnösel häwwet faken noag Suuerkauhl in Koppe. Sau auk de dree. Achter den Gottesdeenst, os wi de Kiärken volauten wollen, seich ick, dat de Bengels güst dorbi wör 'n, ut Spoaß Knaller an de Bänke faste to bienen. – Pfui! Un sauwat an so 'ne hilligen Stiäe. – Miene Rinder hebbt dat auk seihn. Os eene van de Jungens güst sien Füertüüg an de Knallers haulen woll, is eene van de Beester lös baselt, un heff den Bengel in' Achtersten stuuket, saudat de up de Niärsen lannet is. Strafe mott iärben sien! Ick glööwe, dormet hebbt miene Rinder un ick wier Pluspunkte bi den Pastor un den Kiärkenvostand sammelt. Is oll truurig noag, dat so 'n Jungrind dat wier utbügeln mott, wenn de Pastor nich noug Autorität heff. Naudem wi us an Siärle un Geist stiärket hebbt, connen wi nu an dat liewlicke Wohl denken. Ick frögge mi up een gohet Meddagiärten, un miene Starkens up frisket Grön in de Wisken. Un ick weet genau, neichsten Sünndag,

Klock niegen Uhr, os wenn se eene in-
bowwete Uhr harren, stoht miene Rin-
der wier an dat Tor van de Wisken. Denn
fröggen se sick wier up den Kiärkgang,
un up de Wöere van de Gemeende „Ick
glööwe an Gott ...“

Rüenbobath

Heff ick ümmer oll wüst, dat use Elvira 'n grauten Baselkopp is, un dat dat eenes Dages 'n grautet Unglücke gifft. Nu is dat passeert! Lesten Sauterdag is se in ehren Üorwermout van' Strauhbalken ut veer Meetern Heuchte up de Diärlen sprungen. Se heff 'n wieten Satz maket un de Ohrden afhaulen. Heff utseihn, os wenn se fleegen woll. Was ower een Schuß in' Uorben. Een Rüe kann iärben nich fleegen! Sau is se denn met onnick Krawumm up de Tenne upschlauen. Becken anbruorken, Prellungen an ganzen Liew, Vostauckung an' rechten Achterloop! De Veehdoktor heff us wenig Huorpnung maket, dat use Elvira wier richtig loopen konn. Se mösse Bewegungstherapie hebben, meende he. Keen Problem, wi hebbt doch extra for use Elvira eene Unfallvosicherung afschluorten, wiärgen dat wi doch wüssen, wo unfalldrächtig düsse Bullerbass is. Was ower doch 'n Problem!

Gifft hiär in de Neichte gar keene „Krankengumminastikpraxis" for Rüen. Denn iärben nich. Wenn use Elvira nich wier richtig an 't Loopen kümp, heff dat auk 'n Vodeel. Sau wärd se tominnest sinniger un konn nich meehr so 'n Blödsinn anstellen. Met düsse Instellung bün ick bi miene Famirlje ower nich gaut ankuormen. Wiärgen dat miene Fruu un de Kinner sau biärdelt hebbt, heff ick schließlick denn doch miene KG – Praxis anroopen. Dor heff ick mi denn eerste 'n halwe Stünne met de Rezeptschonskraft in de Wullen hatt. Vanwiärgen Huusdeere konnen un wollen se nich behanneln. Miene Tied, 'n Rüe is doch auk blauts 'n Minske! De heff doch auk Muskeln un Sehnen, de man onnick strecken kann. Vanwiärgen de Dreck! Jau un, ick konn doch 'n Handdouk metbrengen. Un met miene Rüenunfallvosicherung konn se auk nich afrierknen. Lesten Endes heff ick mi met miene Autorität doch düesettet, un wi hebbt eenen Termin afmaket. Afriärknet schall denn üorwer miene

Krankenkassen wärden. Se würlt een-
fach 'ne Massagen for mi upschriewen.
Schall sick doch miene Krankenkas-
sen met miene Rüenunfallvosicherung
ut'nänner setten! – In de Praxis seich dat
ut os in so 'n Folterkeller. In jeden Ruum
eene Streckbank, Knüppels in de Rega-
le, Gurte un Ketten an de Wänne, ümme
de Patschienten uptohangen! Uphangen?
– Ick denke, de würlt eenen helpen? In
de Ecken stönd denn no een Skelett. Wat
gruselig! Was Gottlow nich echt, sün-
nern ut Plastik. Ümme den ganzen eenen
familiären Charakter to giewen, hebbt se
dat Skelett saugar eenen Naumen gie-
wen: Hugo! Suspekt was mi de Sake ower
trotzdem. Ick hadde de ganze Tied dat
ungohe Geföhl, dat mi ümmer eene ut de
Ecken ankeik. Elvira leig up de Bank un
de Therapeutin seit up Kneen dor giegen-
an un was an behanneln. Nau Bobath, wo
se mi votellde. Bobath was fröher mol 'n
Kärl, de dor Auhnung van hadde, wo de
Muskeln un Knuorken seiten. Ick huor-
pe, vandage wiärt se dor auk no met Be-

scheed. Elvira heff faken jouhlt, ower süs tapfer düehaulen. Ick glööwe, KG hett nich Krankengymnastik, sünnern eher: Keene Gnade. Irgendwann heff de Therapeutin ehre Dehnungsüorwungen denn ower üorwerdriewen, un de Rüe is luut bliärkend hauge schuorten un heff de Krankengymnastin in de Fingers bieten. De is vor Schreck van de Bank stött. Elvira heff 'n Satz van de Streckbank maket un is direktemang up Hugo lannet. De is krachend up 'm Footbuorn upschlauen un leig nu niärben de Therapeutin. Keenen Mucks heff Hugo van sick giewen. Ower wat schall man van eene Lieke auk änners volangen. De Gymnastin heff dorfor ümme sau meehr stüohrnt. Hugo hadde twee Rippen bruorken. Of dat bi de Therapeutin auk de Fall was, konn ick van buten nich sau seihn. Ick glööwe, de bruuket nu beede auk Krankengymnastik. Vollichte nau Bobath? – Anlocket düe den Radau sünd de Rezeptschonskraft un dree ännere Krankengymnasten in den Behannlungsruum stürmt. Een-

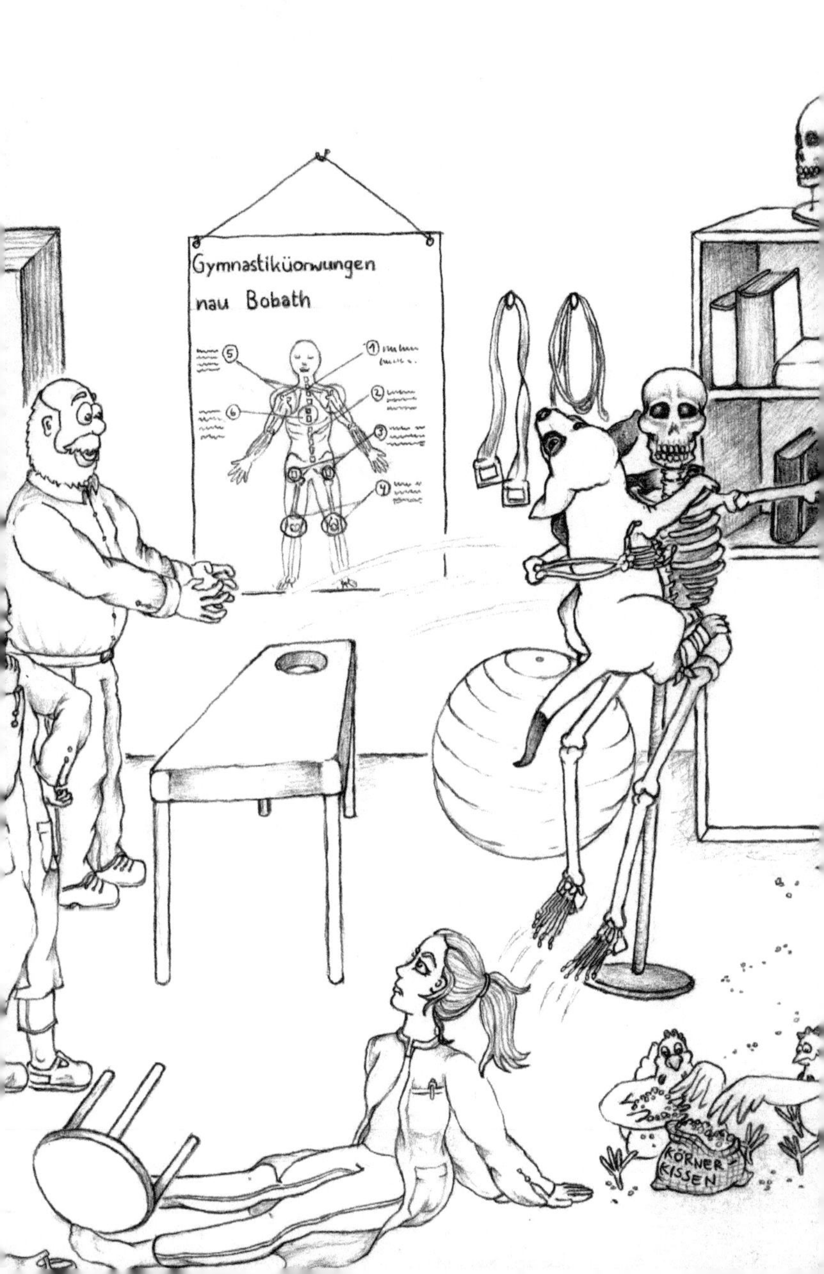

Gymnastiküorwungen nau Bobath
KÖRNER KISSEN

düütig to vierl Lüe for use Elvira. Os so 'n geölten Blitz is se rut in den Vorruum. Dunnerschlag, use Elvira konn wier loopen, un wie! Entweder heff de Behannlung bannig fix anschlauen, orre se was doch nich sau kaputt os use Veehdoktor meende. In ehre Panik heff Elvira denn eerstmol de Rezeptschon in Schutt un Asken lecht. Os ick se endlick wier infangen hadde, un wi de Düden van buten tomaket hadden, mösse ick eerst Bilanz trecken. – Eene junge Therapeutin un een aulet Skelett uter Gefecht sett. Den Computermonitor van Disk trocken. De is nu in' Dutt. An de grauten giärlen Bodenvase, de se ümmeschmieten hadde, is nich vierl kott. Dor is blauts een lüttket Lock in. Leider ganz unnen. Na, for Trockenblomen wärd dat Dingen jä wohl no gauhn. Den iesernen Garderobenstänner, den se ümmerieten heff, is nix passeert. Wat man van de Glasdüden, wo he rinfallen is, nich güst seggen konn. Un auhne Haupen un Pütten van Elvira seich de Teppich vohiär auk biär-

ter ut. Wenn ick de Kosten sau üower-
schlauge, de neurig sünd, ümme de Bude
wier in Stand to setten, kuorme ick woll
met de upschriewenen Massage oll lange
nich meehr hen. Ick glööwe, for miene
Behannlungen neichstens mott ick mi
woll 'ne ännere Praxis söiken. Vomutlick
bruuke ick mi hiär nich meehr seihn lau-
ten, nich mol auhne Rüen. – Eene Sake
heff ick ut düssen vodammigten Vofall
lährt: Nie wier Bewegungstherapie for
Rüen, un oll lange nich nau Bobath!

Nau dat Reenheetsgebot

Siet niesten hebbt wi een Wiendrad up usen Acker stauhn. Twee Megawatt! Schall Strom for 1800 Huusholte leewern. Dree Flüegels sitt an den Rotor. Jede Flüegel is 50 Meeters lang. Tohaupe is dat Dingen 150 Meeters hauge. Wi bedriewet dat Wiendrad nau dat Reenheetsgebot. Dorfor krieget wi dree Cent meehr for eene Kilowattstünne. Dorfor hebbt wi auk 'n poor meehr Uplagen. De kosten denn glieks 200000,-- € meehr. Ower wat is dat? Blauts 'n Fleegenschitt bi dat Geld to 'n Bowwen van twee Millionen. – Nich, dat ick mi dat Geld sau eenfach ut de Rippen schnien konn. – Nee, sauvierl heff ick auk nich. Ower de Spuorkassen heff. Kann man sick ollens lennen. Ümme Strom nau dat Reenheetsgebot to produzeerden, gifft dat wie gesecht 'n poor

Uplagen. To 'n Biespeel mott de Luft, de düe de Flüegels geiht, vorhiär filtert wärden, vanwiärgen Afgase un Ümmeweltvoschmutzung. Dorfor mössen wi eenen Filter bowwen. De stönd up de Ärden, un is baule sau graut os 'n Eenfamirljenhuus. De reene Luft wärd denn düe den Stauhltorden nau buorben to de Flüegels hen lenket. De ümmeweltfründliche Strom mott denn, bevör he in 't Nett geiht, to Üorwerwachungszwecken blau infiärwet wärden. Dorfor sitt dor no so 'n grauten Kassen unnen an' Torden. Wo dat technisk müorglick is, heff ick bet hüüte nich begrierpen. Hauptsake, de Heinis van de Stadtwiärke vostoht dat. Ower de grötste Blödsinn bi de ganzen dösigen Uplagen is een Vuogelschutzgitter ümme de Flüegels. Dormet dor auk nich mol de lüttkeste Piepmatz den Afgang düe Unfalldaut maken kann, mott dat Gitter sau engmaschig sien, dat dor auk de Wiend nich meehr richtig rinblausen kann. Sau is de Stromerdrag man blauts no ganz mickrig, un de Kosten frett mi up. – De

Umfärban-
lage
Vorsicht Flecken
Kaputte Vögel
Bitte spenden!
Schützt unsere Kinder!

eenzige Strom, de richtig fleeden döiht, is de Besöikerstrom. 'Ne masse Lüe, de sick dat niemeudske Schildbürgerbauwiärks ankieken wollen. Sau heff ick ut de Naut eene Tugend maket, un ümme mien sess Hektar grautet Feild eenen Haugsicherheetselektrotuun bowwet. Up den Acker heff ick denn eene Utsichtsplattform upstellt. Os Buer draff man vandage nich up 'n Kopp fallen sien. Sau niehrme ick nu Indritt un voklöre de Besöikers, wo dat vanstatten geiht met miene ümmeweltfründlicke Stromproduktschon nau dat Reenheetsgebot. Dank miene fixen Sabbelschnuten heff ick grauten Toloop. Ganze Busladungen met Touristen wärd to usen Acker karrt. Bi miene Föhrungen voschwiege ick wohlwieslick, dat ick meehr Geld met de Dummheet van ännere Lüe vodeenen kann, os met miene eegenen Dummheet, mien so nixnütziget Monstrum van Wiendrad totoleggen. – Ofwohl, düe de vierlen Indrittsgeller sehe ick de Sake met miene Fehlinvestitschon middlerwiele met ganz ännere Augen.

Ümme mien Sabbeltalent no to vobiärtern, heff ick an de Volkshauchschoulen eenen Rhetorikkurs metmaket. Nu bün ick in de Situatschon, de Lüe den gröttsten Blödsinn os dat eenzig Wohre to vokaupen. Sau is dat lange gautgauhn, un ick was ganz tofriärn met mien Wiendrad. – Bet to den twedden Sünndag in Oktober. De Wiend heff onnick blost, un de ganze Plattform was vull van Minsken. Stolt heff ick miene Anlage in den herrlichsten Farwen beschriewen, dor hörde man up eenmol een luutet Knacken in hunnert Meetern Heuchte. Doch eene vodammigte Maundagsproduktschon, mien Wiendrad? In Panik sünd de Lüe van de Plattform sprungen un deelwiese üorwer 'nänner stött. Dat gifft meehr os blauts eenen blauen Plecken. Wisse sünd dor auk 'n poor Knuorken kott. Ofwohl ick jä wüsse, dat de Flüegels nich sau gawwe rünnerkuormen kürnt, wiärgen dat dor jä 'n Gitter ümme seit, woll ick blauts no eent: Fix wiet weg! Sau heff ick denn mienen Kopp rümme rieten un bün an

wat anstött. – Dat Koppenne van mien
Berre! Eeke giegen Eeke! Autsch, döiht
dat weh! – Will man oll mol ümmewelt-
fründlick Strom nau dat Reenheetsgebot
produzeerden, wat heff man nu dorvan?
Eenen dicken Dulls an Achterkopp.

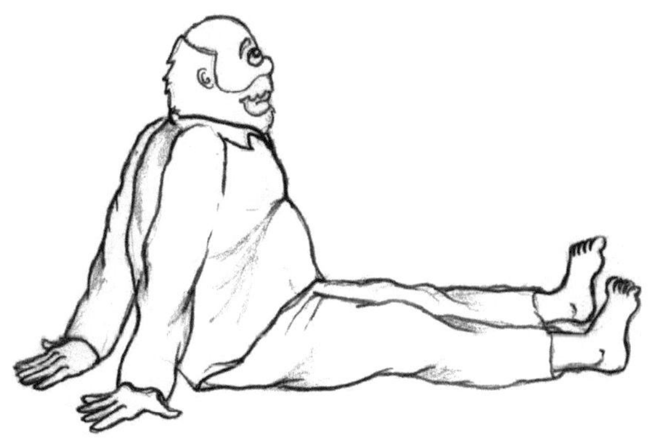

Wellness-Oase Buernhoff

In Beroop, Schoule un Gesellskup sünd de Anforderungen vandage ümme eeniget heuger, os in vogangenen Tieden. Sau lechzet de Lüe vandage nau Streßafbau un Entspannung. Dorümme scheeten üorweroll Fitnesscenter, Beauty Shops un Wellnessfarmen os Poggenstöhle ut 'n Buorn. Sau hebbt wi up usen Hoff auk eene Wellness-Oase de biärtken änneren Oart inrichtet. Use Inrichtung wärd van use Gäste best annuohrmen. De Laden brummt, os man sau seggt. – Dorbi was de Anfang gar nich sau lichte. Vierle Saken mössen sick eerstmol inloopen. – To 'n Biespeel hadden wi eerst vierl Probleme met use Kurpackungen. Wi niehrmt keen normalet Moor, sünnern arbeedet met Kauhschiete. Dat Material is vorhannen un heff auk, dat is wissenschaftlick bewiesen, eene biärtere Heelwürkung bi Arthrose un Arthritis os dat bekannte Moorbad. De Gäste hebbt sick to Anfang bannig üorwer de Rüerke beklaget. Middlerwiele hebbt wi dat Problem ower in den Gripp kriergen, sowohl bi de Kault-, os auk bi de Warmpackungen. Sietdem wi an de Kögge Lavendel fohd, is dat met de Stinkerie biärter uttohaulen. Den lesten Schliff hebbt wi dor ran kriergen, os wi dortau üorwer gauhn sünd, de pingeligen Vohalungssökenden for de Tied van de Behannlung hölterne Wäskeklammern up de Niärsen to setten. – Ünner ännerem beed wi auk Wohlföhlmassagen an. Dorto hebbt wi Massagebänke vor dat Friärtgitter upbowwet. Use Massagen sünd de Renner. Düe de raue Tungen van de Kögge is de Massage kraftvull un intensiv. Wiärgen dat wi an use veerbeenigen Angestellten extra keene Mineralstoffe fohd, sünd de richtig wield up dat Sölt up de Huut van use Gäste, sau dat ümmer eene van use Kögge paraut is, de Lüe to bedeenen. – Os Loopband hebbt wi een ümmebowwetet Förderband for Kartuffeln. Leider heff dat, auk nau langen Tüfteln, bet nu nich klappet, de Originalgeschwindigkeet to voännern, sau dat de Fitnesskunnen an loopenden Band achtern rünnerfallen. Ümme de Tall van Knuorkenbrüchen wier up Null rünner to brengen, hebbt wi achter dat Loopband eene dicke Strauhmadratzen utleggt. – Europaletten met Riär dorünner, nutztet wi, ümme use Feildsprütten un den Düngerströgger dorup aftostellen. De Maschins sünd denn vull biärter to rangeerden. Eene Palette met Rullen, de mol van sümmes den Hoff rünnerloopen is, heff us up eene grandiose Idee brocht. Sietdem wi dat use Gäste vostellt hebbt, kürnt wi us vor Anfraugen baule nich redden. Use Europaletten sünd een richtigen Vokaupschlager worden. Wi hebbt extra no eene Deeltiedkraft instellt, de de Dinger tohaupebastelt. Olle Lüe sünd bannig scharp up use Fief-Mann-Skateboards. – Tokünftig plant is een Whirlpool in usen Güllekumm.

Wi hebbt ollerdings no keenen Infall, wo wi dat henkrierget, dat de Lüe nich in den Güllemixer kuormt un afsuupet. Dat wör nich gaut for use Reputatschon os 1A Wellnessbedreew. – Ringe, de ut de rhythmisken Spuortgumminastik bekannt sünd, suorget for Entspannung. Wi niehrmt dorfor use Siloreifens, je nau Intensität van Muskelupbau, lüttke orre graute. De ganz hatten Kärls kürnt sick denn LKW-Reifens ümme Arms un Hüften kriesen lauten. – Schlaupen kürnt de Wohlföhlgäste bi us in 't Heuhotel up den Strauhbalken. Teggen Kattens hault den Büern müüsefrie un suorget met ehr Kuskeln un Schnurren for psychologisket Wohlbefiehnen. Uterdem sünd de Kattens os Uppasser instellt, dat dor in 't Heu änners keen Schwienkraum passeert. Wi hebbt schließlick eenen anstännigen Laden! – Bi sauvierl Vohalerigge van use Gäste kuormt wi sümmes vierls to kott. Sau heff ick mi denn auk mol 'ne Massagen meehr os vodennt. – Ower wusau döiht dat in' Gesichte sau weh, wo ick doch 'ne Rüggenmassage hebben woll? Mott mol 'n Auge riskeerden. Autsch! Güst in den Moment mott mi „Kati" dor düe licken. – Moment mol! Keene Massagebank? Ick ligge up dat Gresssilo in' Trog. – Ach sau, wi hebbt gar keene Wellnessfarm, sünnern blauts 'ne stinknormole. – Worümme ligge ick hiär üorwerhaupt in' Kauhstall? – Nu fällt mi dat wier in. Ick bün van Nacht van dat Füerwehrfest kuormen, un wiärgen dat ick 'n biärtken duun was, heff miene Karin mi nich rinlauten. – Na, denn kann ick jä nu upstauhn, un de Melkmaschinen an Gang schmieten. – Wat bün ick frouh, dat ick blauts Schwiene un Kögge, un nich so 'n Wellnessbedreew an de Hacken heff.

Naukur

Wenn man üorwer vettig is, fanget de Reparaturens an. Güst sau göng mi dat auk, Buernkrankheet Nummer 1: Bandschiewenvofall un düchtig Rüggenpiene. Sau bün ick denn auk dree Wiärken in Kur wiärn. Os ick ut de Gesundheetskaserne wier rut was, woll ick de Saken, de mi dor gaut gefallen hadden, achteran wieder in Anspruch niehrmen. To 'n Biespeel Massagen! De heff ick in vullen Tögen utkostet. Ower tohuus mott ick miene Karin jümmers den Rüggen kraulen. Miene Fruu massert denn usen Jan, de kuskelt met usen Rüen Elvira. Use Steffen, de heff siet niesten eene Fründin un krault utwärts. Un wat is met mi? Ick kieke mol wier düe de Röhrden. Ümme mi kümmert sick keen Schwien. – Jeden Aubend schwemmen heff mi in de Kur gaut dauhn. Ick üorwerlegge, of ick usen Kördensumpf achter de Iärnte met Water full maken scholl. Dor konn ick denn auk jeden Aubend miene Runnen dreggen. Warm maken kürnt wi dat Water denn met usen grauten Tauchsieder, den wi süs jümmers in de Ämmers stellt, ümme de Miärlke for de Kalwers up Temperatur to brengen. Jeden Dag Spuort in de Fitnessbude heff mi düchtig flott maket. – Of ick mi bi us up 'm Hoff doch eene Wellness–Oase inrichten scholde? Klasse wör 'n de Entspannungsbäder met Heublomenduft. Bi us is dat nich kommodig. Dor is de Badewannen sau lüttk, dat tovierl van mi rut kieken döiht. Mol wärd de Bost kault, mol heff man Iesbeene. – Best was in den Kurbedreew auk de Vosuorgung. Jeden Meddag konnen wi ut veer Gerichten utsöiken. Dat woll ick tohuus auk inföhrden. Ick heff miene Karin anwiesen, for eene Wiärken in Vorrut eene Spiesekoarden uptostellen, auk met veer Iärtens for jeden Dag to Utwahl. So 'n Plan heff ick ollerdings nie nich to seihn kriergen. Dat eenzige, wat miene Fruu mi wieset heff, was een Vuogel, un to iärten geif dat de Reste van de lesten twee Dage. – To 'n Fröhstück geif dat in de Kurklinik jedet Mol een riekhaltiget Buffet met olle Sotten Worst un Keise, de man sick blauts denken kann, un woll teggen ünnerscheedlicke Sotten Braut un Brötkens, Marmelade, Quark un Vuogelfoder (Müsli). Dat ganze heff saugar no dat kaule Buffett up use Hochtied dormols in' Schadden stellt. Os ick miene Karin dorup anspruorken heff, meende se, dat wör keen Problem, wenn ick ehr dreehunnert Euro in Maunat meehr an Huusholtsgeld üorwerwiesen dä. – Bidde? Ick bün Buer, keen Ölscheich! Mien üppiget Fröhstück kann ick mi denn woll forts wier van de Backe putzen. – Mien Zimmer in den Kurbedreew hebbt se jeden Dag up Hauchglanz brocht. De Papeerkuorw was jeden Dag wier reggen. Tohuus in mien Büro is de olle Tied meehr os randvull. Bet de endlick lieg maket wärd, ligg dor oll 'ne Masse Kraum ümmeto. Wiärgen dat wi us keene Putzfruu leisten kürnt, mott ick dat lesten Ennet sümmes uprüümen. Miene Papeerden wör 'n in Kur olle Tied fien up 'nänner leggt. Tohuus wör ick dor ollerdings eenen Niärventosammenbruch bi kriergen, wenn mi dor eene bi rümmefummeln dä. Denn konn ick gar nix meehr wier fiehnen. Sau weet ick jümmers ganz genau, wecke Riärknung in wecken Haupen ligg, orre in wecken Stapel ick de Ergiewnisse van de lesten Miärlkkontrullen un den elektrisken Schaltplan for usen Trecker fiehnen kann. Ick segge jä ümmer, blauts de dösigen Lüe hault Ordnung, de änneren üorwerblicket dat Chaos. Un ick hör wisse to de änneren! – To 'n Glücke heff ick bi mienen Upenthault in den Gesundheetstempel de Doktors un Pschychologens nich faken to Gesichte kriergen. Ick glööwe, wenn man söke Lüe to vierl ümme sick to heff, wärd man eerst richtig krank. Entspannungstraining in dat Heelbad un jeden Dag in' Park spazeerden gauhn, heff ick geneeten konnt. Bi us in' Bedreew is dor keene Tied meehr for. Kögge melken, in de Gassen Dünger ströggen, Spölmaschinen utrüümen,

Brennholt kläuwen, Fodermiddel bestellen, düe den Stüerbescheed düeblicken, Schare for den Plog kaupen, Bööker föhrden un Dränkenippels repareerden – Un den ganzen Tag pingelt dat Telefon. – Ick glööwe, nau eene Wiärken tohuus, bün ick wier riep for eene Kur!

Jes(kauh)lt

Luusig kault was dat düt Johr in Januar. So 'n hatten Winter häwwet wi oll lange nich meehr hatt. Saugor de Waterstiäen in' Kauhstall sünd tofruorden. Vor den Kauhstall hebbt wi eenen plausterten Loophoff, wo de Kögge sick auk in Winter buten de Beene votriärn kürnt. Achter den Loophoff hebbt wi eenen Diek. Den heff dat vor füfftig Johrden auk oll giewen. Ower dat de mol tofruorden was, dor kann ik mi baule nich up besinnen. Fröher is dor mol 'ne Kauh in afsuupen, os mien Pappen votellde. Sietdem is dor 'n Tuun ümmeto. – Ower wat is dat? Een Drauht is kott. Mott ick mol repareerden. – Oh je, nu seh ick dat. Miene Kauh „Kylie" is dor düe gauhn un dregget nu munner ehre Runnen. Eene Kauh, de Iesloopen kann!? Miene Karin un use Kinner wör 'n ganz ut 'n Hüüsken. Düssen Sünndag wollen wi sauwiesau met de ganzen Famirlje to 'n Dümmer föhrden, eenen grauten Binnensee, gar nich sau wiet weg van us. Dor gifft dat jedet Johr ümme düsse Tied de graute Ieswette, of de Dümmer geiht orre steiht. Düt Johr steiht he! – For mi was dat jä 'ne dösige Idee, ower de Jungs hebbt nich locker lauten. Sau heff ick an Sünndag denn mienen Veehanhänger achter use Famirljenkutsche anbowwet un wi hebbt Kylie upladen. An' Parkplatz bi 'n Dümmer was oll 'n Massenanstorm. Vierle Lüe, de Iesloopen wollen, hebbt sick bannig wunnert, os use Steffen de Kauh van' Hänger afladen heff. Endgüllig rünnerfallen is de meesten denn ower de Kinnladen, os use Kylie up dat Ies göng un anfangen is, Pirouetten to dreggen. Dat heff no keen Minske vorhiär seihn. Wi ollerdings auk nich. Ick sümmes bün jä meehr buornstännig, un föhle mi an Land 'ne Masse wohler, ower miene Ka-rin un de Jungs un use Kauh hebbt dat Iesvognögen in vullen Tögen utkostet. Kylie heff saugar dreefache Rittbiärger un Salchows up dat Ies leggt. Een Natur-

6,0
5,7
5,9

talent! Schall ick se vollichte anmellen? In dree Johrden sünd doch in Kanada olympiske Winterspiärle. – Dat eenzige, wat no nich sau gaut klappet, is de Duwwelaxel. Dat schall jä sauwiesau de schworste Sprung sien, ower bet in dree Johrden kann man ehre schwacke Siete ol düe Üorwen utbügeln. In de Gruppen „Ieskunstloop Veerbeener" wärd se auk sau, mangels Masse, de Goldmedaille afrüümen. Os ick no an dräumen was, is et passeert, un dat heff 'n luutet Knacken giewen. Miene Kauh is inbruorken! Himmel, miene goe Kylie! Gott sie Dank is de Dümmer nich sau deep. An düsse Stiäe was he besünners siet. Kylie konn jüst no met dat Muul rut kieken. Fix wör 'n dor 'ne Masse Lüe ümmeto, un vosöiken de Kauh wier rut to trecken. Ower auhne Hülpsmiddel was dat nich to schaffen. De Kauh mott dor rut, ower gawwe! Dat Water is ieskault! Use Jan was an hüülen, wiärgen dat Kylie siene beste Kauh was. Ick konn gar nich meehr klor denken. Gottlow, ännere Minsken konnen dat no, un sau hadden wi in de kottesten Tied 'n Autokran un de Füerwehr met Insatzwagen un Dreihbiärm, sauwie eenen Düker an de Unglücksstiäe. De Düker heff denn Gurte ünner de Kauh hiär trocken. Ick weet nich meehr wo, ower irgendwie hebbt de dat schaffet, Kylie wier rut to kriegen un up den Anhänger uptoladen. De Kauh was middlerwiele ieskault un stief. Jede Minute tellt. Sau sünd wi denn met 'n Apentann nau Huus hen karjöhlt. Eenmol sünd wi blitzed worden wiärgen Geschwindigkeet, tweemol hebbt us söke Starenkassens dat üorwel nuohrmen, dat wi bi raut üorwer de Ampel bruuset sünd. Dat wärd düer. De Riärknung for Düker, Füerwehr un Autokran wärd sauwiesau ümme eeniget grötter sien. Schietegal up de poor Euros. Dat doht wi schließlick for dat heugere Wohl, ümme use Kauh to redden. Tohuus ankuormen, heff Kylie dat met lester Kraft in' Strauhstall schaffet. Wi hebbt se in Diärken inwickelt. De goen Wulldiärken konnen wi achteran wohl nich meehr in de Stuorben up dat

Sofa leggen. Twee Wiärmebuddels hebbt wi ehr up den Buuk leggt. Blauts wat sünd twee Wiärmflasken bi so 'ne grauten Kauh. Steffen un Jan sünd up Biärdeltour in de Nauberskup trocken. Dor heff dat üorweroll Krach giewen. De Wiewer wollen ehre Wiärmebuddels nich afgiewen, wiärgen dat dat bannig kault in Berre was. Ower üorweroll hebbt sick de Mannslüe düesettet un seggt, dat wör schließlick for dat heugere Wohl. Met baule dattig Wiärmebuddels plaustert seich use Kylie denn os so 'n Maundkalw ut. In' Stalle hebbt wi denn no dree Rautlechtlatüchten uphanget. Sau hebbt wi sachte wier Liärben in use Kauh rin kriergen. De Finster to de Strauten hebbt wi pingeligst afdunkelt. Woll 'n doch nich glieks 'n halwet Dutzend Mannslüe hiär up 'm Hoff hebben, de dat met dat Rautlecht falsk vostauhn hebbt, un bi us Damp aflauten würlt. Neichsten Dag was Kylie wier fit un munner. Os wi de Wiärmebuddels wier bi de Naubers vodeelt hebbt, heff dat wier Iärger giewen, dütmol

met de Mannslüe. De hebbt sick dorüor-
wer beklaget, dat de Wiewer, wiärgen dat
se keene Wiärmebuddels hadden, ehre
ieskaulen Fööte bi ehre Kärls up 'n Buuk
leggt hebbt. – Mann, de schürlt sick nich
sau anstellen, dat ganze was schließlick
for dat heugere Wohl! – Den sülwigen
Dag no heff ick den Tuun an' Diek repa-
reert. Iesloopen for Kögge is nich meehr!
– Was sauwiesau van Anfang an 'ne dus-
selige Idee, 'ne Kauh met to 'n Dümmer
to niehrmen. Ower sau is dat wisse: Wenn
't den Buern to wohl wärd, denn treckt he
siene Kauh up 't Ies.

Dree Steerns

Wo lange hebbt wi us up düssen Au-
bend frögget. Miene Karin un ick wollen
utgauhn. Düe de Altstadt trecken, blauts
wi beeden, auhne Kinner oder irgend-
wecke ännern Voplichtungen, ganz sau
os fröher. Blauts use Elvira wollen wi
metniehrmen. Os Utgliek sautoseggen,
wiärgen dat use Rüe den ganzen Dag up
Müüse- un Rottenjagd was. – Wiärgen
dat wi wat drinken wollen, hebbt wi us
met 'n Taxi in de Stadt brengen lauten.
Was ower keen henkuormen vandage.
De raute Welle. Vor jede Ampel mössen
wi stauhn bliewen. Sau auk in Ossen-
brügge bi dat eenzige Dree Steerns Re-
staurant in use Stadt, dat „La Cuisine".
Os wi sau up gröen tofften, saigen wi,
dat twee Angestellte dor 'ne Tafel buten
upbowweten, wo upstand: Vandage friet
Iärten! De Taxiföhrer seich us an, un
wi em. Klor wollen wi dat in Anspruch
niehrmen. Wannehe kümp man süs mol

in sau eenen Nobelschuppen? Nie nich!
De Taxiföhrer heff an de Ampel dreg-
get. Os wi utstiegen sünd, wör 'n dor oll
meehr Lüe an de Düden, de sick kosten-
lös den Wanst vullschlauhn wollen. An
de Düden stönd een Schild met eenen
düestrierkenen Rüen. Et is olso nich
voläuwet, sau eenen Rüen mettoniehr-
men. Ower use süht jä ganz änners ut
os de up dat Schild! Olso hebbt wi us
dorüorwer henweg settet. Wi konnen
use Elvira jä nich gaut buten anbiehnen.
Van Ingangsberiek göngen 'n poor Dü-
den af. Eene stönd 'n biärtken lös. Dor
was een Küorkenjunge met half rünner-
lautener Büxen an Tiärne putzen. Mann,
wat for 'n Empfangskomitee for sau ee-
nen Nobelschuppen. In dat Restaurant
wör 'n veer graute Diske upbowwet. An
jeden konnen twürlf Lüe sitten. Os wi us
oll dacht hebbt, heff 'ne graute Gesell-
skup kottfristig afseggt, un de mössen
dat Iärten nu lös wärden. Wi hebbt us
eenen Platz utsocht. In dat Düe'nänner
heff keineene miärket, dat wi Elvira in-

schmuggelt hebbt. Wi hebbt den Rüen eerstmol ünner den Disk schuuwen. Unner dat Diskdouk, wat wiet üorwer de Diskkanten rüorwer göng, konnen wi em gaut vostiärken. Fix was de Laden vull, un se konnen dat Frie-Iärten-Schild van buten wier rinhalen. Bi sau eene tohaupewürfelden Gesellskup konn man sick siene Disknaubers iärben nich utsöiken. De meesten schinnen ganz onnick to sien. Ower eene Fruu, de mi genau giegenüorwer seit, is mi glieks upfallen. Luut, schrill, drall! Un Bildungsstand ünnerste Trecken. Stickum for mi heff ick se de Fruu met de dree D's nömt: Dick, dusselig, driest! – Miene Karin un ick fröggeden us oll up een prächtiget Veergängemenü. Eerst geif dat os Vorspiese eenen Camembert. De was sau streng an' ruuken, os de Fruu met de dree D's, wenn se dal Muul lös makede, ümme irgendeenen Stuss to votellen. Os tweeten Gang kreigen wie eene klore, dünne Soppen, met nix drin. Dor heff de Kuork in siene grauten Küorken wohl de Nudeln nich fiehnen konnt, un de Egger for den Eerstich sünd em wohl utgauhn. Wenigstens geif dat 'n Stücke Wittbraut dortau, 'n biärtken ault un hatt, ower kann man jä instippen. Os Hauptspiese wörd een ganz lüttket Stücke Fleesk langet. Met sau eene Kinnerportschon is so 'n Buer os ick, met gesunnem Appetit, ower nich satt to kriergen. Ower een schonkenet Piärd kiekt man iärben nich in 't Muul. Wiärgen dat de Gesellskup afseggt hadde, mösse dat Fleesk in' Uorben wohl to lange bi Luune haulen wärden, un was middlerwiele tau os so 'ne Schouhsuorle. Ick heff mien Stücke unupfällig unner den Disk rutsken lauten. Elvira schall auk nich liewen os so 'n Rüe. Dat Schmatzen van Elvira is gottlow ünnergauhn bi dat Gesabbel, dat de Dicke giegenüorwer güst in den Moment van sick geif. To dat taue Stück Fleesk kreigen wi os Bielage Söltkartuffeln met Striepen. – Dat man sauwat anbeen draff, un denn in so 'ne Edelküorken? Wi hadden auk

mol söke Ärdappels met Iesenplecken.
De konnen wi nich vokaupen, sünnern
mössen de eerste üower de Kögge vo-
edeln. – Os Naudisk hadden wi Wackel-
pudding met Gummibärchen dorin.
Igitt! De sünd van de Flüssigkeet up dat
veerfache upquollen un saigen olle gliek
blass ut, wiärgen dat ehre Farwen in den
Pudding loopen sünd. Den heff wisse de
Küorkenjunge met de rünnerlautenen
Büxen tohaupeschustert. – Wenn düsse
Laden hiär dree Steerns heff, denn heff
miene Karin for dat Iärten, wat se jeden
Dag bi us up den Disk brenget, minnes-
tens acht vodennt. Güst in den Moment
mösse de ungehüorwelte Dicke upstöö-
ten. Na, tominnest de is satt worden. –
Baah! Wenn de unnen an de Fööte auk
so 'ne Rüerke frie sett, os düe iähr Muul,
denn heff use Elvira ganz schön to lie-
hen. Ümme mi nau iähren Befiehnen to
erkunnigen, heff ick dat Diskdouk bisie-
te schuuwen. Dor konn ick güst seihn,
dat se ehren ganzen Frust aflauten woll,
utgerierknet bi den Trampel van Fruus-

minske. Nich, Elvira!!! Ick heff miene Hänne vor 't Gesichte haulen, dormet ick mi dat Elend nich meehr länger ankieken mösse. Dat ruuk massig nau Iärger. Nu heff de Fruu met de dree D's dat auk metkriergen, dat ehr wat warmet üorwer de Beene löppt. Naudem se dat Diskdouk bisiete schuuwen heff, un use Elvira in vulle Aktschon biliewet hadde, heff se met ehre schrillen Stimmen den ganzen Laden tohaupebölket. „Igittigitt, eene Kanaulrotten!" – Olso dat is 'ne Beleedigung! Use Elvira is jä güst nich 'ne Schönheet, ower os Rüen konn man se glatt no utmaken. Ümme den Trett van de Dicken uttoweeken, woll Elvira in Panik wegloopen, un heff sick dorbi in dat lange Diskdouk voheddert. Se heff dat Douk van Disk rierten un ollens afrüümt. – Na egal, was sauwiesau keineene meehr an iärten. De Afrüümaktschon düe Elvira heff 'n Riesenradau giewen. De Stille achteran was genau sau graut. – Os Elvira sick güst ut dat Diskdouk utpellt hadde, göng de

Jagd up usen Rüen düe de Angestellten van „La Cuisine" lös. Saugar de Kuork is anbaselt kuormen, met eene grauten Fleeskfuorken in de Hand. – Aha, sau süht olso eene ut, de nich kuorken kann! – Wecken de Rüe tohört, wollen se wiärten. Keineene heff sick mellt, nichmol wi. Ick meene, wecke will oll so 'n Rüen hebben, de utsüht os eene Kanaulrotten un blauts Kosten produzeert. De Aubend is loopen, un for us wärd dat nu Tied, us to voafscheen. Ick konn güst no seihn, dat de Kuork use Elvira in de Ecken driewen hadde un se güst met siene Fleeskgauwel upspießen woll. Ower Elvira is jä fix, un is em tüsken de Beene düeflutsket. Wiärgen dat olle Lüe düssen Nobelschuppen nu volauten wollen, was et lichte for usen Rüen tüsken oll de Minsken den Utgang to fiehnen. Up de Strauten is se achter us hiär loopen, ower wi hebbt se nich kennt. Eerst os de Lüe sick voloopen hadden, un wi olleene wör 'n, hebbt wi se wier an de Liene nuohrmen. – Den Kneipenbummel, dat

136

hebbt wi us faste vornuohrmen, halt wi
nau, auhne Kinner un dütmol wisse auk
auhne Rüen. Dor laut wi us nich no mol
van afhaulen, auk nich meehr düe een
Koste-Nix-Iärten.

Hotte-Mu

Use Jan is 'n grauten Piärrefründ. Siet Johrden krigg he nu Rietstunnen, un sien ganz grauten Draum is een eegenet Piärd. Ower gifft dat nich bi us! So 'n Veeh wärd dattig bet vettig Johre ault. Schall ick denn os Rentner, wenn de Kinner vollichte oll lange ut 'n Huuse sünd, so 'n Hotte-Hü vosuorgen? Naudem mi Jan dat 'n halwet Dutzend mol voklort hadde, heff ick middlerwiele akzepteert, dat ick een dösigen Schietpappen met null Auhnung bün, ower blauts ünner de Bedingung, dat wi so 'n Deer hiär nich up 'n Hoff krierget. Wo schürlt wi denn dat Piärd ünnerstellen? Vollichte tüsken de Schwiene, orre in usen Boxenloopstall? Achter den Anhänger in de Schüüden? Orre vollichte in de Garagen? Niegentig PS rut un eent rin? Nei! – Use Junge scholde man up ännere Veerbeener utweeken. To Schwienen konn ick em ollerdings nich roahen. Dormols, os ick

Kiend was, heff ick mol up 'ne dicke Suugen rieden wollt. De leig in 't Gress, ick häwwe mi anschlieken un mi dor buorben up settet. De Schwienemammen heff sick voschruorken un is lösbaselt. Se is direktemang up so 'n grauten Muttenpoul tostüert. An so 'ne dicke Suugen is reen gar nix an to 'n fastehaulen. De is glatt un rund, un an de Ohrden bün ick sau fix nich anlanget. Sau heff se mi midden in den Schmuddelpütt afschmieten. Wenn ick in den Moment irgendeenen votellt hadde, dat ick ut Schwattafrika kuorme, de hadde mi dat glatt glofft un mi dorfor luorwet, dat ick sau gaut dütsk küden kann. Nich mol in 't Huus ünner de Dusken droffte ick. Miene Öllern hebbt mi up 'm Hoff met eenen Kaultwaterschlauch afsprützet. – Olso vollichte doch leewer up Köggen rieden? Schließlick heff de Bengel oll faken noug use Miärlkprodutschenten in 't Friärtgitter inspeert, un sick up ehren Rüggen settet. An besten anstellt hadde sick dorbi „Kiwi“. Naudem sick use Jan dormet arrangeert hadde,

dat he nu keen eegenet Piärd krigg, heff he Kiwi an de Longe dat in de Runne loopen bibrocht. Achteran wörd een Saddel upleggt. Wi hadden no eenen aulen van usen Opa up 'n Dackbüern liggen. Sau bi lüttken heff Jan dat hen kriergen, Kiwi intorieden. Se lött sick middlerwiele met de Trensen stüüern un reageerde up Schenkelhülpen. Üorwer 'n Oxer springen was keen Problem meehr. Auk Dressurüorwungen heff se fien hen kriergen. Jan un Kiwi worden bi lüttken een inspiärltet Gespann. Sau was de Wunsk van usen Jungen graut, met use Kauh bi een Turneer met to maken. Bi use eersten Mellung hebbt se us aflennt. Eene Kauh kürnt se nich bruuken. So 'n Quatsch! Os wenn Kögge nich güst sau gaut springen kürnt os Piärre. Bi den tweeden Vosöik hebbt se us klor maket, dat ollens, wat nich nau Piärd utseich, gar nich eerst tolauten wärd. Sau bi lüttken glööwe ick doch, düsse Piärrefritzen hebbt eenen grauten Möchtegärdendünkel. – Na gaut, wenn se dat sau hebben würlt. Bi den drütten Vosöik hebbt wi Kiwi glieks os Piärd anmellt. Dortau wör'n ower 'n poor „Ümmebaumaßnauhmen" neurig. Wi hebbt de poor witten Plecken bi ehr schwatt infiärwet, hebbt ut Wulle eene Mähne un eenen Piärresteert bastelt. Dat Euter konnen wi ünner eene vierls to langen Saddeldiärken vostiärken. Miene Karin heff for Kiwi eene Müssen stricket, met spitze Piärreohrden. Dor hebbt wi ehre grauten, runnen Ohrden rinquetket. Ganz wohl was use Kiwi dorbi nicht. Ower wecke schöin sien will, mott iärben liehen. – An den Dag, wo Jan's eerstet Turneer met Kiwi was, wör 'n wi olle bannig nervös. Hölt de Mähne un de nie Steert? Wenn 't riärget, löpp denn de Farwen an use „Piärd" rünner? Krigg Kiwi Depreschonen, wiärgen dat wi ehre Ohrden uprollt? – Up den Afriedeplatz hebbt de beeden sick warm maket. Vierle Lüe hebbt Jan for sien schmucket Piärd loowet. – Ick glööwe mannigmol, de Lüe würlt anschmeert werden. Blauts de van dat Organisatschonskomitee hadden bi use Kiwi sau ehre Twiefel. Wat de Müssen denn scholde, wollen se wiärten. Eerst use Utsage, dat use Piärd leste Wiärken Middelohrentzünnung hadde, heff se tofriärn stellt. Düchtig skeptisk worden sünd se ollerdings, os use Jan vor den Turneerplatz achter twee änneren Piärren up sienen Insatz toffte, un Kiwi ut Langewiele ehren Steert anhuorben heff un wat fallen löit. Se heff keene Appels van sick giewen, sünnern voständlicherwiese eene Tellermine afsett. Endgüllig in sick tohaupe fallen os so 'n Koardenhuus is use Lögengebäude denn, os se anfangen is wiertokebben. Up de Stiäe hebbt se use „Kauhpiärd" denn van dat Turneer utschluorten. – 'N biärtken wat goet heff de Sake trotzdem hatt. Wi konnen Kiwi endlick de vierls to enge Müssen afniehrmen. – Vierle Lüe hebbt dat Spektakel met biliewet, dat so 'n Junge eene Kauh inrieden heff. In de neichsten Tied hebbt us 'ne Masse Minsken buchet os Attraktschon bi ünnerscheedlicke Voanstaltungen. Dor konn Kiwi denn os richtige Kauh hen. Use Jan heff met ehr een Programm met Dressurelementen instudeert, met Traverse, Piaffe, un sammelden Drab. Ick bün denn Manager van de beeden worden. – For irgendwat is iärben auk no een dösigen Schietpappen met null Auhnung to bruuken.

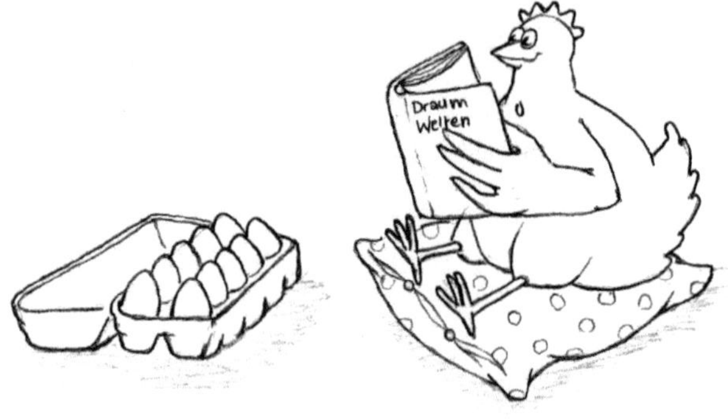

Messesplitter

Miene Fru un ick föhrt eene Miskehe. Ick bün een echten Luthersken, miene Karin hört to den ännern Voreen to. Sau goht wi denn ümmer afwesselnd mol dor un mol dor in de Kiärken. Düssen Sünndag sünd wi os sau faken in de katholkse Messe gauhn. – Ower dütmol was ollens änners. De Laden was proppenfull. Karin heff sick irgendwo midden tüsken quetket. Ick heff twee Riegen dorachter no 'n halwen Platz kriergen. Karin hadde an ehre rechten Siete so 'ne richtige Penntüte sitten. De Kärl in' Middelöller was oll bi 'n eersten Leed an schnuorken un is met sienen Kopp bi miene Karin an de Schuller kippet. Miene Fru heff em duernd biesiete schuuwen. Ower nützet heff dat gar nix. De Typ is ümmer wier no links an Karins Siete fallen. Vor Iefersucht bün ick up mienen Platz duernd hen- un hiärrutsket, wat gar nich sau lichte is, wenn man blauts up eene Backen sitt. An leewsten harre ick den Kärl wecke an de Schnuten howwet. Ower sauwat schickt sick woll nich in so 'n Gotteshuus. Uterdem konn ick dor van mienen Platz ut nich anlangen. Wiärgen dat de Laden sau full was, hebbt se in den Gang no 'n poor Campingstöhle hen-stellt. Miene Karin was de eerste, de üm-metrocken is. De Schnuorkheini heff van de ganzen Aktschon nix metkriergen, un is met sienen Linksdrall an de neichste Schuller kippet. Wiärgen dat mien Nau-bor mi nu endgüllig van de Bank drän-gelt hadde, konn ick so 'n Campingstohl middlerwiele auk gout bruuken. Gärden harre ick dat Dingen ümmestellt up Lie-gepositschon. Is jä vierl kommodiger. Ower ick heff mi lesten Ennet nich truet. Ick kenn düsse Stöhle! Meest klemmt man sick dorbi de Fingers in, orre man briärket ganz met dat Dingen tosamen. Upfallen ümme jeden Pries konn ick mi os Luthersken in de kathoslken Kiärken up gar keenen Fall leisten. – Bi 't Au-bendmohl heff ick auk nie Erfohrungen

maket. Wiärgen Rückstännen heff de
Industrie de Hostien eene Wiärken vor-
hiär landeswiet wier ut den Vokehr tro-
cken. – Vollichte schürlt de Kiärken mol
up Biooplaten ümmestiegen!? Alternativ
geif dat to 'n Aubendmohl Kaisehäpp-
ken. Is mol wat änneret os düsse dreu-
gen Oplaten, un passt jä auk full biärter
to Rautwien. Leider krigg dat Foutvolk bi
de Katholsken nix dorvan af un de Pfar-
rer süppt den Wien olleene. – For den
Kaisespieß mössen wi olle eenen Euro
berappen. Ganz schöin happig de Pries
for so 'n lüttken Happen. De Ordenssüs-
tern, heff ick woll metkriergen, bruuket
dor nix for betahlen. Hebbt wi nu güst
sau os bi Banken orre bi 'n Doktor auk
oll in de Kiärken eene Tweeklassenge-
sellskup? – Nau de Messe scholde no een
lüttket Kiend döppt wärden. De Moder
was bannig nervös un flusig un heff eh-
ren Jungen ut Voseihen in dat Däupbe-
cken fallen lauten. De Bengel heff meehr
Krach maket os de Organistin buorben
up den Orgelbüern. – Vollichte was dat

Water nich warm noag to 'n Kinnerba-
den? Orre de lüttke Windelschieter heff
dat nu eerst miärket, dat he eegentlick
vorhiär oll natt was. De lüttke Bengel heff
sau helle schregget un konn gar nich wier
uphörden. Hört sick an os ..., klor, dat
is mien Wecker! – Aha, Sünndagmuor-
den. Upstauhn, Kögge melken, Schwiene
fohden, dusken, fröhstücken. Achteran
geiht dat in den Gottesdeenst, – to de Lu-
thersken. Vollichte wärd dat dor güst sau
spannend os bi de Messe leste Nacht!?

Metschwanger

Dormols, os miene Karin met usen
Öllsten in änneren Ümmestännen was,
wör dat for mi auk eene nie Erfohrung.
Wi hebbt us bannig frögget. Orre schall
ick leewer seggen, miene Fruu heff sick
bannig frögget? Mi heff dat nämlick gar
nich meehr giewen. Olle Lüe hebbt sick
blauts no nau Karins Befiehnen erkun-
nigt. Wo ehr dat geiht, of ehr schlecht
wärd, of se vollichte Schwangerschafts-
neurosen krigg, orre dicke Beene. Wo mi
dat geiht, heff keen Schwien interesseert.
Dorbi heff ick dor schließlick auk wat to
bistüert. Ick glööwe, wenn eene vollichte
Schwangerschaftsdepreschonen   krigg,
denn bün ick dat. Ut Solidarität un Frust
heff ick mi denn auk so 'n lüttken Buuk
wassen lauten. Met onnick Friärten ol-
leene heff ick dat nich schaffet. Eerst dat
vierle Beer, wat ick denn rünnerspüorlt
heff, heff dat brocht.- Ower wat gemeen!
Miene Karin hebbt de Lüe loowet, wat

for 'n runnen Buuk se kreig. Bi mi hebbt se blauts seggt, dat ick jä woll onnick fett worden bün. – De Ultraschallbeller wör 'n faszineerdent. – Van mienen Buuk wollen se ower keene Beller maken. Dorbi hadde ick doch nu middlerwiele auk onnick wat uptowiesen. – Un, wo dat in so 'n Beerbuuk utseihen dä, dat harre mi mol bannig interesseert. Ick konn anstellen, wat ick woll, blauts miene Fruu heff de ganze Upmiärksamkeet olleene afkriergen. Nich mol 'n Vadderpass wollen se mi utstellen. Wo konn ick blauts bewiesen, dat ick de Pappen van dat Kiend bün? – Eenmol bün ick met bi de „Schwangerschaftsgumminastik" wiärn. Heff mi ower nich gaut gefallen bi dat Elefantendriärpen. Dor mössen se olle hecheln lährden. Wofor mott man sauwat blauts üorwen? Sietdem ick so 'n dicken Wanst for mi hiär schuuwe, mott un konn ick dat auk sau. – Os use Steffen denn up de Welt keim, is miene Karin ehren dicken Buuk in eens wiär lös wiärn. – Un ick? Bi mi heff dat lange duert. Wat dat an Geld kost heff, em to kriergen, heff dat an Arbeed un Schweet kost, em wier lös to wärden. Nichmol de Krankenkassen heff miene „Rückbildungsgumminastik" betahlt. Ick heff mi faste vornuohrmen, dat neichste Kiend konn miene Karin olleene kriergen. Ick wär nich meehr met schwanger.

Quittenblau

Wi hebbt in Goarden eenen Quittenbusk stauhn. Jedet Johr in Hiärwst, wenn de Dinger riep sünd, maket wi dor wat ganz leckeret van: Quittenschnaps. Düt Johr was de Iärnte besünners rieklick. Eenen grauten Teggen-Litter-Ämmer vull hebbt wi kriergen. De Quitten wärd wursken, schnippelt un met Schluck ansett'. Nau eene Wiärken hebbt wi den ganzen Kraum utquetket. Naudem ick de Schaulen un dat Fruchtfleesk up den Mesthaupen schmieten heff, hebbt wi de Flüssigkeet filtert un affüllt. Achtteggen Flasken met den besten Quittenschluck hebbt wi kriergen. – Nich, dat wi sümmes söke Spritköppe sünd. Nei! Dat meeste krierget Unkels un Frünne van us to 'n Geburtsdag orre to Wiehnachten schonken. – Nau mienen huuswirtskuptlicken Insatz heff ick eerst mienen Kontrullgang düe den Affiärkelstall maket. – Nee, nich oll wier!

Use Suugen „Berta" is utkniepet. Vor dree Dagen eerst heff se ehren Bostgurt kott rieten, twee Fiärken platt maket un de Rautlechtlatüchten demoleert. Dütmol heff se glieks den ganzen Buornanker met ut 'n Beton rieten. – Ick glööwe, ick scholde dat Veeh in Ketten leggen.

Dütmol heff Berta keene Fiärken afmurkset, ower de Infrarotlampen was wier in Moors. Mott woll mol bi 'n Landhannel 'ne Grautbestellung for Rautlechtlatüchten upgiewen. – Ower miene Berta was voschwunnen. In Stalle wör se nich. Eerst up 'm Hoff heff ick se wier fuhnen. De Gurt met Buornanker bammelte no an de Suugen rümme. Se göng ganz gediegen. Heff se sick bi den Utbruch 'ne Voletzung bibrocht? Os wenn ick 'n sessten Sinn harre, is mien Blick to 'n Mesthaupen hen wannert. – De Quitten sünd weg! Berta heff de ganzen Schluckquitten upfriärten! – Of man bi so 'ne Suugen auk wohl 'ne Alkoholkontrullen maken konn? Wovierl Promille miene Berta wohl intus heff? Orre sünd dat vollichte saugar Prozente? De Suugen wankte Richtung Strauten. Ick woll se wier in' Stall driewen. Dat was ower nich hen to kriergen. Nich mol, dat ick ehr wecke an de Schnuten howwet heff, heff wat nützet. Se is ümmer wieder Richtung Strauten eiert. – Ick glööwe, so 'ne stramme Suugen is güst sau schwor to hännigen, os 'n besuorpenen Kärl.

Ümme se uptohaulen, bün ick wier up 'n Hoff rennt. Dor heff ick usen grauten Trecker anschmieten, bün an de änneren Siete van de Schüüden rümme baselt un heff em twas in de Hoffinföhrt afstellt. Sau, dat miene Berta nich vorbi konn. Wi hebbt in Dütskland schließlick oll noug besuorpene Schwiene, de de Strauten unsicher maket. Up ehren Weg to de Strauten was use Suugen nich uptohaulen. Se woll ünner den Trecker düeloopen, heff sick ower tüsken Motorblock un Ünnergrund faste klemmt. Berta konn nich meehr vor no trügge.

Scholde ick se met usen lüttken Trecker vollichte an ehren Gurt wier trügge trecken? Wat is, wenn se bi de ganzen Aktschon afnippelt? Se heff teggen lüttke Fiärken! Mudderschutz was olso büorberstet Gebot! – Sau heff ick denn mienen Fründ Werner anroopen, un ümme Hülpe biärn. Met twee Mann kann man sick giegen hunnertfüfftig besuorpene Kilos biärter düesetten. Wi hebbt den Trecker met 'n hydraulisken Stempel anhuorben un de Suugen trügge trocken. To tweet hebbt wi dat schaffet, se wier Richtung Hoff to bugseerden. – Berta was middlerwiele in Delirium, un konn oll lange nich meehr lieke ut gauhn. Os wi se endlick wier vor de Stalldüden hadden, hadde se wohl güst sau vierle Meeters trügge leggt, os mien Fründ Werner un ick tohaupe. De Gefohr, dat se in ehren Tostand olle Fiärken platt maket, was us to graut. Sau hebbt wi usen Krankenstall dat eerste Mol os Schwieneutnüchterungszelle ümmefunktschoneert. – Ick segge jä ümmer,

wecke keenen Alkohol vodriärgen kann,
schall de Fingers, orre in düssen Fall de
Steckdosen dorvan lauten.

Use Berta was saugar an neichsten
Dag no blau, quittenblau.

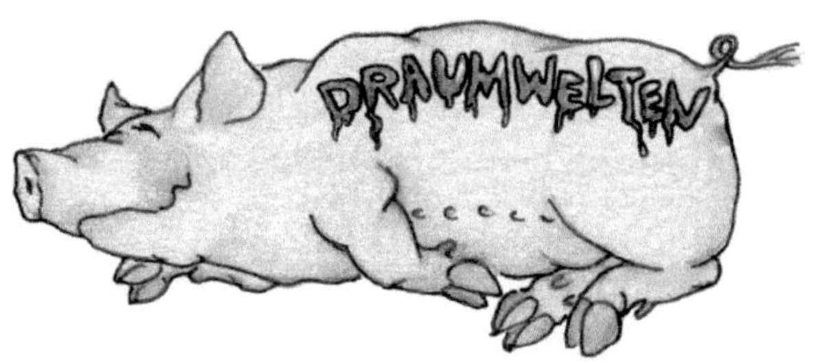

Leewetkummer

Siet dree Maunaten hebbt wi em achtern Huuse. Eenen Fasanenhahn! Schöin antokieken, ower bannig dösig. Schöin! Schöin doof. 'N richtigen Krachmaker is dat. Dorbi kennt he keene Ruhetieten. Middagsnone kürnt wi vogiärten. Muordens ümme veer halt us dat Veeh met sienen krächzenden Balzroop ut 'n Schlaup. – Wat will de eegentlick bi us? So 'n Fasan is een Vuogel for 't Feild. Ower de Acker is up de änneren Siete van de Strauten. Up de Hoffsieten hebbt wi blauts Goarden un Wisken, un dor no nie nich 'n Fasan hatt. Siet Wiärken makt de bi us nu Radau un krigg doch keene Fruu af. – Jau, kennt de denn nichmol de eenfachsten Grundriärgeln in Saken Leewe? Blauts tohuus sitten un rümmekrakelen, dormet krigg man iärben keene Fruu rümme. Dat weet ick ut eegene Erfohrung! Man mott dorhen, wo de Wiewer sünd, un de galant inwickeln. Met sienen

Gekrächze leggt use Fasan ollerdings 'n Charme an' Dag os so 'n Holtkläuwer un geiht dormet güst nich os Singvuogel düe. Düsse Veeh is iärben blauts schöin. Schöin dösig! – Ower up jeden Pott fiehnt sick irgendwann auk mol 'n passenden Stülpen. Sau heff auk use Balzheini sienen Stülpen fuhnen. Ower passig? Seine Leewste wör – ... eene Wieldaanten! – Wo de Leewe iärben henfällt. De beeden hebbt onnick rümmepusseert. Gediegen was de Anblick ower doch up dat unglieke Poor. Lesten Ennes hebbt de beeden saugor 'ne richtige Vuogelhochtied fiert. In olle Öffentlickkeet! Bi us achter dat Küorkenfinster up de Wisken. – Pfui, wat pietätlös! – Ick was düchtig gespannt, wat dorbi rutkümp. Vollichte Aanten met lange Steertfiärn? Orre Fasane met Schwemmhuut an de Fööte? – Denn was et 'ne ganze Tied stille, un ick heff de beeden nich meehr seihn. Was use Fasan nu tofriärn orre heff em vollichte de Voss halt? – Irgendwann heff ick de Aanten denn wier fuhnen. Se seit up veer Eg-

gern. Ick glööwe, de Fasan un de Aanten sünd doch een passiget Poor. De Aanten is güst sau ünnerbelichtet os de Fasan. – Utgeriärknet in usen Güllekumm up de Schwemmdiärken heff se sick een Nest bowwet. Wat dat wohl schall? Wo schürlt de lüttken Vuogels dor wohl rut kuormen? – Van den Fasan was nix to seihn. Vollichte heff de sick scheeden lauten, wiärgen dat em Wiewer, de in de Gülle badet, 'n biärtken unheimlick un suspekt sünd. Orre de Aanten heff em in de Wüsten schicket. Wat schall man met so 'ne Bangebüx anfangen, de sick nich mol in so 'n Güllekumm rintruet? Orre wotau kann man so 'n Macho bruuken, de dat nich neurig heff, de Egger warm to haulen? – Bi de ganzen Sake is denn auk nix rutkuormen. De Aanten was eenet Dages voschwunnen un de Egger sünd endgüllig kault worden. – Eegentlick schade! Wör de Sensatschon wiärn. Wo Biologen lange nau forsket orre nau söiket, harre een Buer os ick fuhnen. – Eene nie Veehoart! – Ower no heff ick de Huorpnung

nich ganz upgiewen, berühmt to wärden.
– De Fasan is nämlick siet niesten wier
an rümmekrakelen. Wat he wohl dütmol
an Land treckt? Vollichte eene Duuwen?
Dat wör passen. De sünd schließlick auk
schlicht in Koppe. Orre eenen Specht?
De konn den Fasan denn mol düchtig up
'n Briärgen kloppen. Up jeden Fall heff
sauwat meehr Vostand. Bi so 'n Gelege in
Boom kümp eher wat bi rut, os Egger in
de Güllekuhlen aftoleggen. Bet dat sau-
wiet is, makede use Feildwiskenfrüermd-
gohkrachmakermacho wiederhen Ra-
dau.

Vollichte wör de Sake met den Voss
doch de beste Lösung?! Sau konnen wi
endlick wier nachts in' Schlaup kuor-
men.

Inkaupstress

De meesten Lüe goht met ehre Rüens spazeerden. Dat is auk normol. Denn gifft dat ower auk söke Bekloppten, de hebbt änneret Veehtüüges an de Liene. To 'n Biespeel geiht eene Fruu bi us in Duorp ümmer met ehr schwattet Hängebuukschwien Gassi, un een Opa föhrt siene Zwergßiegen ut. Nu hebbt wi no eenen Bekloppten meehr: Usen Jan! De niehrmt olle Tied de lüttken Kalwers an' Strick. Siet niesten heff he een Modderkalf van use Kauh „Sansibar" in Arbeet. Dat Kalf löppt sau gaut, dat de beeden jeden Dag eene Joggingtour tohaupe maket. Nau dree Kilomeeters hanget bi usen Jan de Tungen ut 'n Hals rut, un he mott eerst vopusten. Sansi-Kalf is dorgiegen fit un munner un harre locker no eene Runnen dreggen konnt. – Lestens, os de beeden wier ünnerwechens wör 'n, woll use Jan bi de Geliärgenheet een poor CD's inkaupen. In use lüttken

Gemeende hebbt wi eenen Grautmarkt for elektronisken Kraum. Dor kann man van Waskmaschins üorwer Computer bet Radios ollens kaupen. Ower düsse Laden heff unvoschiärmte Priese. For so 'n poor Datenschiewen wollen de doch glatt 210000 Euros hebben! – Hallo? Use Jan woll blauts CD's kaupen. Den ganzen Laden kürnt wi us sauwiesau nich leisten. Un doch hebbt de us 210000 Euros in Riärknung stellt. – Blauts wiärgen dat use Sansi-Kalf dor henschierten heff. Un dat heff dat Deer blauts dauhn, wiärgen dat em twee Bengels düchtig voschruorken hebbt. – Up den Haupen is denn eene füfftigjöhrige Fruu utrutsket. Een jungen Kärl, de güst dorachter stönd, is fix bisiete sprungen, dormet em de Fruu nich up de Fööte fällt. Dorbi is he denn an dat Regal met Kiekkassentobehör anstött. Dat Regal is in de Lampenafdeelung fallen. De Schiärben sünd düe de haule Giegend fluorgen. Eene graute direktemang in den Ventilator in de Wand. De Püsterich heff de Schiärben met Krawumm an de

Angebot!
Einzelstück
10 €

Diärken howwet, un de heff sick denn in dat Plastikrohr van de Sprinkleranlagen inbohrt. Düe dat vierle Water, wat denn van buorben keim, wör 'n achteran vierle Saken nich meehr to bruuken. Wiärgen dat de Lüe in Panik düe 'nänner rannt sünd, mössen nierben de Füerwehr auk no 'n poor Krankenwagens upkrüüzen. – Gottlow heff ick eene goe Haftplichtvosicherung. De deckt Schädens bet twee Millionens af. – Heff ick dacht, dat de gaut is! Ower de woll nich tahlen. Wenn use Sansi-Kalf utbruorken wör, un denn in den Laden beestert wör un den vowüstet harre, harre se den Schaden betahlt. Ower sau wör 'n wi sümmes schuld. Een Kalf heff in eenen Supermarkt iärben nix to söiken, hebbt se us metdeelt. An de Düden stönd woll een Schild met eenen düestriärkenen Rüen, ower dat een Kalf keenen Totrett in sau eenen Laden heff, wecke konn dat blauts auhnen! – Paah, dat glööwt doch keen Minske, dat een fief Wiärken aulet Kalf eenen grauten Supermarkt lahm leggen kann. – Schollen se doch de beeden Bengels an de Hammelbeene packen. Wenn de nich wiärn wör 'n, denn hadde use Kalf dor doch gar nich eerst henschierten. – Wör doch man de Fruu blauts no dattig Johre jünger wiärn, denn wör de Kärl nich biesiete sprungen, sünnern harre de no gärden upfanget. – Sau bi lüttken stigg Panik in mi hauge. – Wenn ick dat Geld würklick betahlen mott, bün ick pleite! – Vollichte kann ick jä in dat natschonale Reddungsprogramm van de Regierung upnuohrmen wärden? De helpet jä de Banken un Grautbedreewe met Millionen un meehr ut ehre Naut, wenn de Managers dor Mest bowwet hebbt. Un de hebbt wisse vierl meehr Mest os mien Sansi-Kalf maket! – Leider heff sick mien Geföhl, dat mien Bedreew for usen Staut nich sau van Belang is, os so 'ne Grautbank, os wohr rutstellt. Sau heff ick denn den eerstbesten Reddungsanker griepen, den ick kriergen konn. Un den heff ick denn nich wier löslauten. Dat heff mi glieks wier Iärger inbrocht, ... met miene eegenen Fruu. De Reddungsanker, an den ick mi fasteklammert hadde, wör 'n nämlick de Hoore van miene Karin. Schweetnatt leig ick in Berre! – Gottlow, dat ganze was blauts een Draum. Denn konn jä nu mienen „Anker" wier löslauten. – Ick kann blauts huorpen, dat use Jan nich neichstens up so 'ne Schnapsidee kümp, bi siene Joggingtour irgendwat intokaupen!

Rien ne va plus

Glückspiärle sünd bi us in Dütsk-
land vobuorn! Jedenfalls bienauh. Bet
up de vierlen Utnauhmen! Sau os Lot-
to, Toto, Klassenlotterie un Kasinos un
'ne Masse meehr, wo use Staut de Hand
uphaulen kann, un met de Innahmen
siene maroden Kassen upbiärtern kann.
– Nu fanget de Buern, süs os buornstän-
nig bekannt, auk no met so 'n Kraums
an. Vor 'n halwet Johr hadden wi bi us
in de Nauborskup eenen Buernmarket.
Dor geif dat auk 'n Glückspiärl: Kauh-
roulette. Dor wärd eene Wisken indeelt
in 64 Feilder. Güst os so 'n Schachbrett.
De Lüe kürnt denn Wetten afschluor-
ten, up wecket Feild de Kauh den eersten
Haupen hensett. – Wiärgen dat use Nau-
bor blauts Schwiene un Puten heff, hebbt
se mi froggt, of ick nich 'ne Kauh dorfor
afstellen konn. Wusau nich! – An 'n Mar-
ketdag bün ick met miene Famirlje in de
Nauborskup trocken, in Schlepptau an'

Strick use Kauh „Jamaika". Jamaika is oll teggen Johre ault, un heff saumet langjöhrige Erfohrung dorin, irgendwo hentoschieten. – Bi den Buernmarket wör 'n oll Minskenmassen an de Roulettewisken vosammelt. Vor de Aftrennung to de Wisken mössen wi no lange Tied töiwen, bet de Lüe olle ehren Wettinsatz afschluorten hadden. Dor heff Jamaika denn eerstmol ut Langewiele henschierten. Ick glööwe, de heff dat Spiärl nich vostauhn! Os ick denn endlick use Kauh up de Wisken driewen konn, hadde Jamaika sau recht gar keene Lussen, olleene üower de Wisken to trecken. Eendüütig to vierl Minsken! Sau is Jamaika denn bi mi an de Aftrennung stauhn bliewen. Ick heff mi schließlick vokrürmelt. Dor is Jamaika eenfach een poar Meeters wiedergauhn, un heff sick dor henstellt, wo miene Karin un miene Kinner stönnen. De kennt iärben ehre Pappenheemer. De Lüe föngen an to gnüertern, besünners de, de up de middleren Feilder settet hadden. – Nee, sau geiht dat nich! Ick bün an Enne ünner de Aftrennung hiärkruopen un krüß un twas üorwer de Wisken gauhn un Jamaika is achter mi an loopen os so 'n tammet Schaup. – Nau 'ne halwen Stünne däen miene Fööte weeh van de vierlen Looperigge. Ower worümme use Kauh eegentlick up düsse Wisken was, dat heff se nich begriepen orre wier vogiärten. Orre hadde Jamaika vorhen ehr Pulver oll voschuorten? – Nau eene Stünne wör 'n de Lüe vogrellt un luuthals an schellen. Miene Tied, is iärben Glücksake bi so 'n Glückspiärl! Un Glück heff nich jedereene. Wier eene Stünne later wör 'n de meesten Lüe sau in Braß, dat se Cola- un Beerflasken achter use Kauh achteranschmieten hebbt. Olso dat geiht to wiet! Sauwat bruukt wi us jä woll nich gefallen to lauten! Ick heff dat Halfter van Jamaika in de Hand nuohrmen, un wi sünd up den Utgang tostüert. Os wi van de Wisken rünner wör 'n, güst achter de Aftrennung, heff Jamaika ehren Steert anhuorben un eene tweede Tellermine fallen lauten. Os wenn se seggen woll: Nu

172

heff ick ju dat ower wiesen, heff se sick no eenmol to de Minsken ümmedregget, un ehre Tungen rutstrecket. Nu wör 'n de Lüe endgüllig dullköppig. No meehr Flasken sünd anfluorgen kuormen. Eene dorvan heff ick an' Achterkopp kriergen. Dor hebbt de Lüe miene Tungen auk no seihn. – No Wiärken later heff ick beuse Breefe un Drohanroope kriergen. – Wenn mi vandage nomol eene fraugen scholde, of ick eene Kauh for 't Roulette afstellen konn, harre ick blauts no eene Antwort for em: Rien ne va plus. Nix geiht meehr!

Lüttke Üorwersettungshülpe

Ärdappels	Kartoffeln
Asken	Asche
aultmeudske	altmodische
Ballich	Körper
Broen	Braten
dattig	dreißig
Däupbecken	Taufbecken
Diek	Teich
döppt	getauft
dräg	trägt
Dreihbiärm	Drehleiter
Düker	Taucher
Dulls	Beule
Eeke	Eiche
faken	oft
fleeden	fließen
frürmde	fremde
Gemösefriärter	Vegetarier
gliet	gleiten
glööwen	glauben
güst	genau
hennig	besonders
hüorwelt	gehobelt

huorpe	hoffe
Huut	Haut
karjöhlt	gebaselt
Kaisehäppken	Käsehäppchen
kleiet	geklettert
Kriech	Krieg
krüß	kreuz
Küerigge	Rederei
Kusen	Zähne
late	spät
leige	schlimm
Luthersken	Evangelischer
mall	verrückt
Miärlkfeewer	Milchfieber
minner	weniger
Moors	Hintern
Müssen	Mütze
Muttenpoul	Suhle
Naubors	Nachbarn
neurig	nötig
neurigt	genötigt
niggelig	neugierig
noug	genug

onnick	ordentlich
orig	artig
Plauster	Pflaster
Poggenstöhle	Pilze
Rautlechtlatüchte	Infrarotlampe
Riegen	Reihe
Rüe	Hund
Rüerke	Geruch
Rüggenpiene	Rückenschmerz
Sauterdag	Samstag
Schaup	Schaf
schellen	schimpfen
scheneerlick	peinlich
schinns	scheint
Schniggen	Schnecke
schnuorken	schnarchen
scholde	sollte
Schüppen	Schaufel
Schüüden	Scheune
siet	flach, seit
Speune	Späne
Starkens	Rinder
Stauhltorden	Stahlturm

Steert	Schwanz
Stiärtenkalf	Kuhkalb
Stülpen	Deckel
stuuket	geschubst
Sümmergassen	Sommergerste
tammet	zahmes
Tittenkumpel	Busenfreundin
tofften	warteten
Tokiekers	Zuschauer
Tralljen	Gitter
trecken	ziehen
Trecken	Schublade
tüsken	zwischen
twas	quer
Uorben	Ofen
vandage	heute
voläuwet	erlaubt
wierkebben	wiederkauen
Wisken	Weide

Dank van Hatten an ...

Antonia Hartmann ...
for wunnerbore Teeknungen

Uli & Jonas ...
for 't Sieten inrichten

Gerda & Sophie ...
for plattdütske Fienheeten

Birgit ...
for luutet Lachen

Landschaftsschutz-
Gebiet !